賢治詩歌の宙《そら》を読む

関口厚光氏肖像
（昭和 59 年履歴書による）

はじめに（御遺族挨拶文）

もう一度、あなたと七夕の話をしたかった。織姫星（ベガ）と牽牛星（アルタイル）の織りなす逢瀬の物語には、ほかにいくつかの説がありました。西洋の描く星座には暴れん坊の神々や怪物ばかりが登場しますが、日本では人間が主人公です。大きな川を隔てて彦星と向き合う織姫には、ほかに七つの名前があったのです。秋去姫なんてとてもすてきな呼び名です。あなたとはそんな話をしたかった。

２０１６年9月30日午前0時00分発、銀河鉄道の旅客となりました。あこがれの恒星間飛行を楽しみ、明年の七夕の時分には天の川の星橋の上で途中下車が叶いそうです。

〝岩手の人たちの、知の営みを伝えたい〟

岩手復興書店　店主　関口厚光

花巻の天巖山宗青寺（曹洞宗）にて永眠しております。

〈〒０２５-００８２　花巻市御田屋町３-21　ＴＥＬ０１９８-２３-４６３３〉

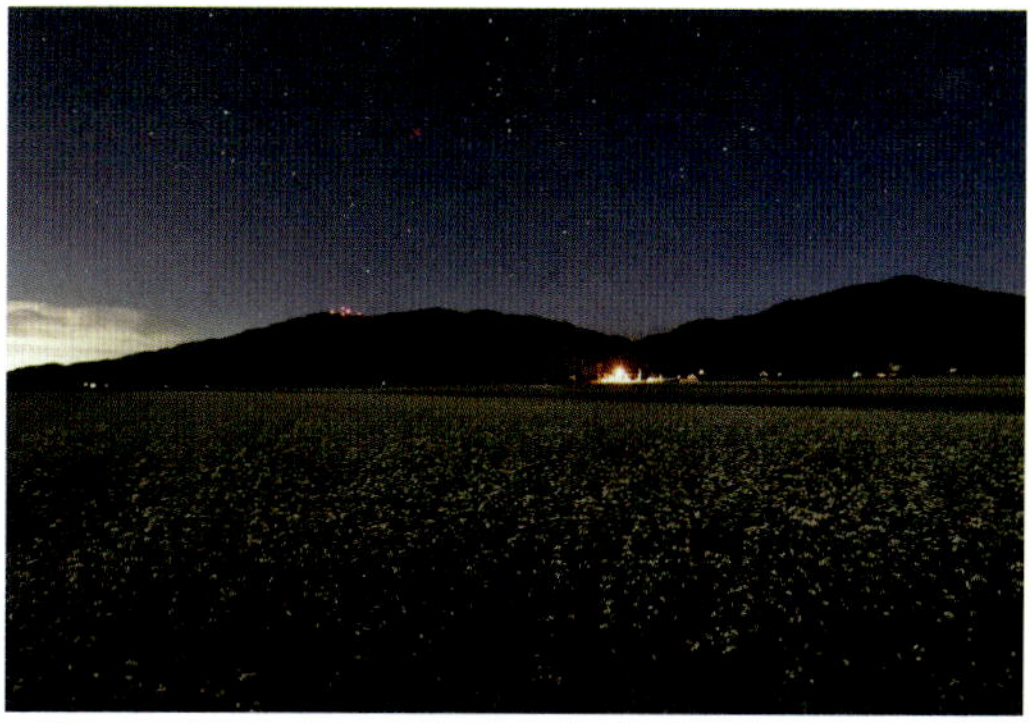

紫波町水分のソバ畑

「紫波町水分のソバ畑」は満開の月夜です。地域にはソバ生産組合が組織され、転作品種として大規模に作られています。山頂の赤い明かりは新山の電波塔群、南の空にはフォーマルハウトと、やぎ座が見えます。(2015年9月5日)

荒川高原の放牧馬

「荒川高原の放牧馬」も月夜です。馬は人間よりずっと夜目がきき、夜通し草を食べ続けて歩きます。ぼんやり突っ立っていると近くへ寄ってきて「ブヒヒン」と、せき払いをします。小さな声で「こんばんは」とあいさつしてやると、安心して草を食べに戻ります。南東の空に見えるのは秋の一等星フオーマルハウト（右）とデネブ・カイトスというくじら座の二等星。「二匹目のカエル」という意味の別名も。草野心平の秋の夜の光景です。(2015年9月22日)

上外川牧野の風車

「上外川牧野の風車」は葛巻町。風車は風の通り道に作られるもの。この日も西風を受けてゴーというううなり音が牧野全体を包んでいます。東の空に立ち上るスバルに自分の姿を見せつけようとしているかのようです。スバルの鎖に引っ張られて上ってきたのがヒヤデス星団。アルデバランが「どれどれ」というように顔をのぞかせました。(2015 年 9 月 20 日)

小本港の船だまり入り口

「小本港の船だまり入り口」は木星の出を狙ったものです。東方海上 400 キロにわたり雲一つない快晴が広がらないと拝むことできない光景です。木星の輝きが水面に光の筋を投げかけました。漁船がそこを横切っていきます。(2015 年 1 月 18 日)

黒崎仙境の銀河

「黒崎仙境の銀河」は陸前高田の突端です。聞こえるのは海鳴りばかり。八代亜紀の世界でした。水平線の南の果てに縛り付けられたかのようにして銀河はゆっくりと右回転を続けます。(2015 年 6 月 10 日)

区界峠の雪景色

「区界峠の雪景色」は、兜明神の東側にある林道が除雪されるのを待ち受けて出かけて写したものです。ガスがかかり、風で途切れた雲の合間にオリオンの輝きが見えました。(2014 年 12 月 14 日)

遠野の霧月夜

「遠野の霧月夜」は、市街地の背後にきつ立する高清水山の展望台からの風景です。霧が町を埋めていく様はとても美しい時間です。正面が東です。(2010年10月1日)

種山ケ原の又三郎と十三夜

「種山が原の又三郎像と十三夜」は奥州市「星座の森」。中村晋也氏の手になる「風の又三郎」像は有名です。風を巻き起こすというよりも、風に立ち向かう少年として描かれています。西に沈むのは十三夜の月でした。(2009年10月31日)

喫茶アリスの夜のコスモス

「喫茶アリスの夜のコスモス」は駐車場で撮りました。かれんな花たちが夜の明かりの中で装いを変えるのに驚きました。地上の光を映した雲が盛り立てています。(2015 年 9 月 15 日)

さそり座と釜石線下り最終列車

「さそり座と釜石線下り最終列車」は、人から頼まれて荒谷前駅（遠野市）近くで写したもの です。賢治が終生心の中に住まわせていたサソリ。「釜石線からも見えるでしょ」と言われて場所探しをしました。右上の赤っぽい星が「さそりの目玉」と賢治が呼び、血紅瑪瑙などとして詩作品に登場するアンタレスです。同じ位置で露出を変えて写した 2 枚を合成して仕上げまし た。なので実際にはこのようには見えません。記憶の中で作られる世界です。(2015 年 7 月 10 日)

イギリス海岸駐車場のヒマワリ

「イギリス海岸駐車場のヒマワリ」は、賢治が愛したイギリス海岸です。花巻でも少し外れるとこのぐらいの星は写ります。逆さになって西空へ沈んでいくこと座のベガです。(2015年8月20日)

夏虫山のベガとアルタイル

「夏虫山のベガとアルタイル」は、七夕の夜の主人公。左上の大きな星が織り姫（ベガ）で、右下にあるのが彦星（アルタイル）です。その間に天の川が流れていて二人を隔てています。間をつなぐのはカササギであり、舟の形をした上弦の月ですが、地上にはもう一人、天の川を見ながら物思いにふける者がいそうです。ちなみに賢治は、こと座がキノコの形をした星座だと思い込んでいました。賢治が持っていた星座早見盤には、ベガから二本の足が伸びたような線が描かれていたのでした。さてお分かりでしょうか。(2015年4月21日)

早坂高原の銀河

「早坂高原の銀河」は、南の空に立ち上がる天の川。さそり、いて、わし、こと、はくちょうの各星座が映り込んでいます。賢治は中央の暗黒帯を「空のひび割れ」と呼んでいました。印象的な絵も残しています。早坂高原こそは、岩手県内で最も鮮明に天の川の全体を見渡せる場所の一つでしょう。(2015 年 5 月 31 日)

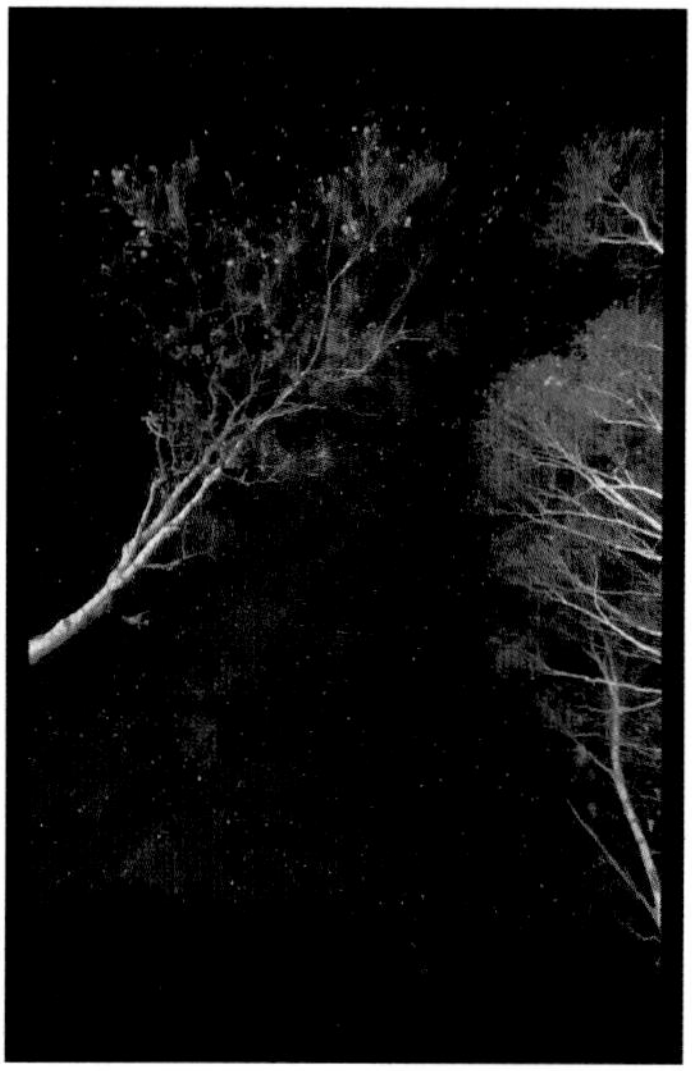

早坂高原のシラカバ

「早坂高原のシラカバ」は星空を撮り始めて間もないころのもの。その当時と比べ知識や技術も向上し機材もよくなりましたが、当時のものを越えられないという思いを強くしています。今回見直していて、もしかしたら闇への恐れをなくしつつあることと関係があるのかもしれないという気がしてきました。もっと闇を怖がらなければ、隠されているものが見えてこないのかもしれません。反省の思いを込めて選びました。作品的には難点だらけなのですけれども、ここにはときめきが写し込まれていると感じます。(2009 年 10 月 15 日)

関口厚光氏遺稿『賢治詩歌の宙を読む』目次

凡例

＊本書は、関口厚光氏が旅立ちの最後に纏められた「賢治詩を読む」を中心として一書をなそうとしたものである（「第一部」）。また、御遺族の御了解を得て、賢治に関する論考三篇と短歌作品を加えている（「第二部」）。論考三つの一つは「銀河鉄道の夜」に関するもので、「賢治詩を読む」にその一部が溶け込んでいることが示すように、「賢治詩を読む」に接続するものである。あとの二つは「賢治短歌」に関するものである。本書に、これ等の論考を加えるべきかについては、正直迷ったところもあったが、氏の賢治への思い、また、旅立ち前の数年間、短歌に精力的に取り組まれていたことを考え、今回の形とした。なお、短歌関係の収録については、小泉とし夫氏（『北宴』代表）と八重嶋勲氏（岩手県歌人クラブ会長）に格別の配慮を得た。

＊冒頭の挨拶文は、厚光氏御自身の文章を取り入れた御遺族（関口一氏）の文章である。

「賢治詩を読む」については、原則的には、厚光氏が残された文章そのままである。厚光氏は、テキストとして、「青空文庫版」を用いているが、賢治作品の本文については、『新校本宮澤賢治全集』（筑摩書房）による修正を加えている。略歴に見て戴けるように、秋山駿氏との御縁はあるが、厚光氏は賢治研究や文芸研究に関する専門家ではない。しかし、長年の新聞人、出版人としての豊富な体験と、旅立ち前の精神的集中力とが渾身の「賢治詩を読む」の世界を紡ぎ出したのだと思う。旅立ち直前の「魂の叫び」が「賢治詩」と出会ったのだと読んで戴けるならありがたい。

＊写真（特に夜の星空の写真）は、晩年の厚光氏が力を注いだものの一つである（本会の略称「星月夜の会」もここに由来している。）。発起人の一人山下多恵子氏のアドバイスや御遺族の方の意向も含め、厚光氏の解説的文章のあるものから選ぶこととし、結果としては「星月夜のお誘い」（関口厚光写真展二〇一五年十月一日～十四日）の数葉を採ることとした。

＊索引については、小林芳弘氏（国際啄木学会盛岡支部長）を中心として作成した「人名、事項索引」、「引用賢治詩歌一覧」を加えている。

第一部

賢治詩を読む

関口厚光氏遺稿

序章　詩でなければならない理由があった

■短歌という道具

盛岡中学を卒業した賢治は病を患い入院。看護婦への恋もかなわず、すっかり気落ちした様子に心配した父は上級学校への進学を許可する。大正三年の十八歳の誕生日（八月二十七日）前後のことのようだ。

（堀尾青史『年譜宮沢賢治伝』による）

いなびかりまたむらさきにひらめけば
わが白百合は
思ひきり咲けり　（歌稿Ｂ１９３）

当時の歌にこんなものがあった。いささかドラマ仕立てだが、進学を許された喜びの大きさが伝わる。

賢治が作った歌は一千首を超える程度で、最も熱心だったのは大正三年（十八歳）から同六年（二十一歳）ごろまでの短い期間である。「歌稿」として整理されたものをたどると、大正七年以降は数が減り大正九年はゼロ。そして大正十年で歌稿は終わっている。歌の中身を見れば、実質的には大正八年で歌の創作をやめたと考えるのが妥当だろう。


サイプレスいかりはもえてあまぐものうづまきをさへやかんとすなり　（歌稿A759）

その最後のほうはこんな歌で終わっている。サイプレス（糸杉）は怒りに燃えて渦巻く雨雲さえ焼こうとしているという、怒りの歌だ。恋の歌から始まった賢治の歌は、嘆きと悲しみを経て最後は怒りがテーマになって終えた。短歌への熱意が消えてしまった理由は、この怒りのモチーフにあるのではないかと感じる。短歌では展開できない何かが、詩の形でなら展開が可能だと思えたことにある。

以後の二年間を賢治は詩の創作の勉強にあてたのだろうか。当時、最先端のフランスの象徴詩という手本があった。そこから賢治は詩の技法を学んだと推理する。だが、象徴詩の技法に載せて彼らの多くが歌おうとした精神は切り捨てた。自我や自意識との格闘、解放に至る個の側に足を置く主張の類いである。自我を武器に世界を拡大しようとする西洋の風の中で、賢治は個を捨てみせたように見える。世界を記述するのに個が存在する必要はない、観察者は現象なのだから、観察者の記録したものは現象＝事実になるという詭弁のような説得力。それによって、賢治の目に見えたものが『春と修羅』の世界なのだ。

話を少し難しくしすぎたかもしれない。話を戻すと、賢治は何かと決別するかのようにして歌から離れて詩の世界に踏み込んだ。賢治は最初、自分が書いたものは詩ではないと訴えた。『春と修羅』は詩集にあらずと言った。賢治は、文芸詩として読まれることを嫌ったのではないかという気がする。自分の感受性を表現したのではないという意味だとしてもいい。つまり、そこに賢治の意図があるように思える。最初から出版することを想定して取り組みが始まった企てとでもいうような。

作品には日付が書き込まれている。あたかも詩を書き出す前から意図していたことを読者に分からせることが狙いであるかのように。賢治は無名の、詩を始めて浅く、評価すら期待できない存在だったはずである。ところが、本人は自信満々だった。『春と修羅』第二集（生前未刊）のために書かれた序文を読むとそれがよく分かる。

そこまで過剰な自信を持つことができたのはなぜだろう。文芸作品としての完成度に対するものではないはずだから、何かほかに意図があり、その意図を伝えるには十分であると本人が思う何かがあったのだ。

■怒りの感情はどこへ向かわせるべきなのか

詩作品を読み始める前に、もうひとつだけ取り上げておきたい。賢治は大正九年（一九二〇年）の夏に保阪嘉内にあてた手紙の欄外に次のように記している。

かなしみはちからに、欲（ほ）りはいつくしみに、いかりは智慧にみちびかるべし。（書簡）

悲しみに出合ったときにはそれを乗り越えられるような力を養うこと、自分の欲を満たすのではなく同じように求めている他者を慈しむようにすること、怒りを覚えたらそれがよって来た原因を究明する知恵に使うこと。悲しみと欲望と怒りは賢治にも免れることのできない感情だったことが分かるが、これが二十四歳の青年が語ることのできる言葉だろうか。人生のいろいろな経験を積んだ高年者の言葉なら納得もいくが、社会にも出ていない若者なのだ。悲しみを力に、欲を慈しみに、怒りを知恵に変えろと自分に言い聞かせることに気づくかどうか。これは知識ではない。言葉を知っていたとしてもどうにもならない。体験しなければ意味がない。

嘉内はその二年前に盛岡高等農林を退学になっている。賢治はこの年五月に研究生を修業して、助教授にという関豊太郎教授の薦め（教授としては懇願だったかもしれない）を断って家業の手伝いをしていた。賢治は独立を望んでいた。自分で起業して東京に出たかった。父はそれを許さなかった。

〔165〕保阪嘉内あて　封書（1920年6月〜7月）

お手紙ありがたうございました

お互にしっかりやらなければなりません。突然ですが。私なんかこのごろは毎日ブリブリ憤ってばかりゐます。何もしやくにさわる筈がさっぱりないのですかどうした訳やら人のぼんやりした顔を見ると、「え、ぐづぐづするない。」いかりがかっと燃えて身体は酒精に入った様な気がします。机へ座って誰かの物を一言ふのを思ひだしながら急に身体全体で机をなぐりつけさうになります。いかりは赤く見えます。あまり強いときはいかりの光が滋くなって却て水の様に感ぜられます。遂には真青に見えます。確かにいかりは気持が悪くありません。関さんがあゝおこるのも尤です。私は殆んど狂人にもなりさうなこの発作を機械的にその本当の名称で呼び出し手を合せます。人間の世界の修羅の成仏。そして悦びにみちて頁を繰ります。本当にしっかりやりませうよ。

かなしみはちからに、欲（ほ）りはいつくしみに、いかりは智慧にみちびかるべし。

あなたの様に心的にも身的にも烈しい動きをしなければならない状態ではいつもこんなことはお感じでせう。

まだ、まだ、まだこんなことではだめだ。
専門はくすぐったい。学者はおかしい。
実業家とは何のことだ。まだまだまだ。

しっかりやりませう。―しっかりやりませう。―
しっかりやりませう。―しっかりやりませう。―
しっかりやりませう。―しっかりやりませう。―
しっかりやりませう。―しっかりやりませう。―
しっかりやりませう。―しっかりやりませう。―
しっかりやりませう。―しっかりやりませう。
しっかりやりませう。―しっかりやりませう。
しっかりやりませう―しっかりやりませう
しっかりやりませう―しっかりやりませう｝しっかりやりませう
しっかりやりませう―しっかりやりませう

抑えきれない怒りの感情があり、それが人生の転機の節々にみられると思う。怒りの発作の本当の名前は「修羅」。賢治は手紙でそう言っている。何に怒っていたのか。

この半年後の大正十年一月、賢治は突然家出する。上京して国柱会（法華経系在家集団）の事務所を訪ね「下足番として置いて」くれるように頼み込んだ。家からの仕送りを拒み、自立しようとする。店番すらできないのに、「しっかりやりませう」とは何のことだったのか。

賢治は仕送りを受けずにアルバイトをしながら童話創作を始めたが、妹トシの病状が悪化したため八月に郷里に戻った。二十五歳となったこの年の十二月に稗貫農学校の教諭となった。詩集『春と修羅』の一連の詩作品はそのひと月後の大正十一年（一九二二年）一月から始まっている。

■「わたくしという現象」という宣言

詩集『春と修羅』の冒頭に、詩の言葉で書かれた「序」が置かれている。

わたくしといふ現象は
仮定された有機交流電燈の
ひとつの青い照明です
（「序」）

この冒頭の書き出しが賢治の宣言だと受け止めていいだろう。

「自分が現象である」とは、私が何かによって作り出されたもので、自分が私を作り出しているのではない、ということだ。個の否定だ。それは「我思うゆえに我あり」というデカルトの自己を真っ向から否定する。

「わたくしは青い照明である」と言えば比喩である。自分という存在は、ぺかぺか光る青い電灯のように、しょせんは消えてしまうはかない存在ですよ、という意味になるだろうか。

しかし「わたくしという現象は青い照明である」と言えば認識になる。まず先に「自分は現象である」という前提が認識であることを示すからだ。自分には実体がない。真っ先に消えてしまうのが自我である。

しかも「仮定された」という言葉までつけて注意をうながしている。仮定されたとは、例えば「観察者ミヤザワケンジ氏というように生まれてきた」というような意味である。

自分が現象であればどうなるだろう。喜びも悲しみもその感覚自体に意味はなく、どう振る舞うかの方が意味を持つことになるだろう。感情を抑制し、自分を制御するようになるだろう。食欲を満たすことの意味は何かと自身に問いかけることになる。そんな問いかけの中で。賢治は自分の目に映った世界を記録した。そこは大正の農村地帯の岩手県である。

第一章　詩人の誕生（『春と修羅』第一集を読む）

■屈折した歩み

『春と修羅』は「屈折率」と題する作品から始まる。光は賢治の象徴的なテーマだが、その作用である屈折から始めることに理由があったのかどうか。なぜ「屈折」ではなく「屈折率」なのか。一番最初の作品なのだから、これは作者の自己紹介であり、決意表明であり、問題意識の提示ということになるのだろう。

屈折率

七つ森のこつちのひとつが
水の中よりもつと明るく

そしてたいへん巨きいのに
わたくしはでこぼこ凍つたみちをふみ
このでこぼこの雪をふみ
向ふの縮れた亜鉛の雲へ
陰気な郵便脚夫のやうに
　（またアラッディン・洋燈とり）
急がなければならないのか
　　　　　　（一九二二、一、六）

　年明けの日付になっている。暦を見ればこの日は平日。農学校はまだ冬休みなのかもしれない。作品の舞台は雫石と知れる。小岩井駅で列車を下りて、農場を通って鞍掛山の近くまで行こうとしているところのようだ。
　七つ森のこっちの一つとは見立森（みてのもり）のことか。小岩井駅からはほど近く、南西の方角に当たる。それが明るく、とても大きいと言っている。鞍掛山は北の方角にある。でこぼこに凍った道を歩いて行くらしい。日中に気温が少し緩むと道路はぬかるんだ泥んこ道になる。夜気温が下がると、道は人の足跡や馬車のわだちをそのまま石膏で固めたように凍り付く。歩いたことのある人も少なくなっていると思うが、とても歩けたものではない。そんな苦労をして歩かなければならないのにと、賢治は言っている。すぐ目の前に明るくて大きなものがあるのに、それに背を向けてオレは歩かないとならないのかと嘆いているのだ。

ここまで読み進むと、「水の中」という言葉の意味が少し顔を覗かせてくる。それは家ということだろう。賢治は質店という家業をとても嫌っていた。独立することを考え続けていた。鉱物や化学の知識を生かして人造宝石の製造をしたいと父に許しを請い続けた。初期投資は三百円もかからないはずだからお金を出してほしいと頼み込んでいる。しかし許しは出ない。賢治は仕方なく稗貫農学校の教師の職を受け入れたのかもしれない。

賢治には自分の夢（計画）のほうが教師の職よりも、もっと有望（明るく）に、将来性（大きく）のあるものに映った。

教師の職は簡単なものではないと賢治は思っている。賢治のハードルは何に対しても高い。常に最高でなければ許されない。最高の教師であるためにはどれほど困難な道を歩まねばならないかと、賢治は思っている。それは陰気な郵便集配人を予感させた。

「またアラッディン・洋燈とり」とは、以前の経験のことである。主人から言われたことに召使いのように従わなければならないということだ。高等農林の研究生時代、関豊太郎教授の下で地質調査に没頭した。関教授は賢治を高く買い、助教授として残るように熱心に薦めた。賢治は断った。業績はすべて教授のものになる。助教授とは名ばかりで都合のいい道具として使われるのが目に見えていたからだろう。そんな思いが胸をふさいだのかもしれない。

詩のタイトルを屈折ではなく屈折率としたのには理由がある。屈折率とは屈折の度合いを示すものだ。ねじくれているということだけでなく、どの程度までねじくれているかを示すということだ。

詩からは切羽詰まった雰囲気が伝わってくる。あからさまには言えないことを形にして残すには、短歌ではなく詩のほうが都合がいい。

力丸光雄氏によると、賢治が学んだ物理学の教科書は日下部四郎太『物理學汎論（上）（下）』（初版 大正七年）という。ネットの「裳華房の〝古書〟探訪」（http://www.shokabo.co.jp/oldbooks/1918kusakabe-butsurigaku.htm）というページに目次と本文の一部が紹介されている。それによると、その下巻は「光之反射及屈折」の章から始まっている。賢治にとって光は象徴的なメタファーとなっている。

くらかけの雪

たよりになるのは
くらかけつづきの雪ばかり
野はらもはやしも

ぽしやぽしやしたり黝（くす）んだりして
すこしもあてにならないので
ほんたうにそんな酵母（かうぼ）のふうの
朧（おぼ）ろなふぶきですけれども
ほのかなのぞみを送るのは
くらかけ山の雪ばかり
（ひとつの古風（こふう）な信仰です）
（一九二二、一、六）

気の進まない教師の道を歩み出した賢治にとって、頼りになるのは「くらかけつづきの雪ばかり」だと言っている。簡単に考えれば、それは盛岡高等農林で学んだ知識ということだろう。最高の教師であろうとするときに、自分に足りないものを賢治は自覚しているのだ。

学校の校長や同僚教師たちを見ても、こいつらはまったく頼りにならないと賢治は思った。教師になってまだ一カ月。天から降ってくるものは酵母のような、すぐに溶けてなくなってしまいそうで、とても地面に降り積もるようなものではなく、自分が持っている「くらかけ山の雪ばかり」を望みとするしかない、ということだろう。「古風な信仰」とは、昔ながらのやり方ぐらいの意味としておく。

雫石町の小岩井駅で列車を降りると、駅舎の方を振り返れば七つ森を目の前にする。それには背を向けて真っ直ぐ北の鞍掛山のふもとを目指して歩く。直線距離にして十五、六キロはあるから夏でも四時間ぐらいはかかるだろう。小岩井農場の中を行くことになるので、道はある程度整備されていただろうが、少なくても三分の一は上り勾配の山道を行くことになる。まして、冬の凍ったでこぼこ道を行くとなると倍の時間がかかるのではないか。賢治は実際に鞍掛山まで歩いただろうか。

この詩が書かれてから十年後、三十五歳の賢治が「雨ニモマケズ」の書かれた同じ手帳に「くらかけ山の雪」という詩を書き込んでいる。

友一人なく
たゞわがほのかに
うちのぞみ
かすかな
のぞみを
托するものは
麻を着
けらをまとひ

汗にまみれた村人たちや
全くも見知らぬ人の
その人たちに
たまゆらひらめく

という詩だ。
鞍掛山の雪は村人たちに「たまゆらひらめく」と言っている。希望と励ましである。これが、「くらかけの雪」に賢治が見ているものの正体だ。言い過ぎになるかもしれないが、菩薩はそこにおわしますと賢治は伝えたがっているとでも言えばいいだろうか。十年という時を経て言葉遣いがこなれている。しかし、よく分からない方がありがたみがあるのかもしれない。

日輪と太市

日は今日は小さな天の銀盤で
[雲]がその面（めん）を
どんどん侵してかけてゐる

吹雪（フキ）も光りだしたので
太市は毛布（けつと）の赤いズボンをはいた
（一九二二、一、九）

太陽は、小さな銀のような輝きをした盤になっていて、厚い雲がさらにその面を隠そうとしている。おぼろだった吹雪も今は本格的になってきたので、（農家の子の）太市は赤い毛布のズボンを履いた。本当は恥ずかしいから赤いズボンなんて履きたくないことは分かっている。でも毛布のズボンは暖かい。だから太市は我慢する。

この風景がなぜ賢治の目に止まったのだろう。何か、原風景に近いものなのだろうか。雪が積もって表面が凍り、固く締まればもう田んぼや畑や原野の上も歩けるようになる。だが、遮るものがないのでその上を渡ってくる風が厳しい。賢治はそんな風のいじわるを目撃したかったのか。

賢治は、農学校の教師になるまでは農業や農家に対してほとんど目を向けてこなかったようだ。短歌群の中を探してもそれらしきものに出合えない。農家に地域の農業に目が行き始めるのは、残された作品を見る限り農学校の教師になってからである。賢治は農学校の生徒たちのいい教師になろうとしている気がする。

丘の眩惑

ひとかけづつきれいにひかりながら
そらから雪はしづんでくる
電（でん）しんばしらの影の藍靛（インデイゴ）や
ぎらぎらの丘の照りかへし

あすこの農夫の合羽（かつぱ）のはじが
どこかの風に鋭く截りとられて来たことは
一千八百十年代（だい）の
佐野喜の木版に相当する

野はらのはてはシベリヤの天末（まつ）
土耳古玉製玲瓏（ぎよくせいれいらう）のつぎ目も光り
（お日さまは
そらの遠くで白い火を
どしどしお焚きなさいます）

笹の雪が
燃え落ちる、燃え落ちる

（一九二二、一、一二）

「丘の眩惑（げんわく）」は美しい情景を描き出した賢治の最初の作品だ。眩惑という言葉がいい。冬の日の晴れわたった青空に太陽がぎらぎらと輝いて、光が丘の雪面に反射して目をくらませる。雪の上に落ちる影はたしかに青みを帯びている。本当に惑わされているような気になる。

第一連の「そらから雪はしづんでくる」という表現は賢治の特徴である。賢治は標高ゼロの地点を空の上に置いている。だから地上は標高がマイナスであり、賢治の世界では底になる。だから雪は底に沈むのであり、底にへばりついている人間たちは雪に埋まっていく。けれども、そのことに安心感もなくはない。

二連目の「合羽」と「佐野喜の木版」だが、僕は、同等の芸術作品である、ぐらいの意味だと思っている。農夫の破れ合羽は美しいなあと、賢治が感嘆しているのだろう。

土耳古玉製玲瓏（とるこぎょくせいれいろう）の継ぎ目は「宮沢賢治・鉱物の魅力」（http://www5b.biglobe.ne.jp/~toki/koubutu/kobutu.html）のサイトに詳しい。冬の晴れ渡った日の地平線上は青空が緑がかって見える。賢治はこのトルコ石の色をした空を面白がる。トルコ石には深い藍の色をした継ぎ目模様が入っているが、賢治には地平線上の空にもそんな継ぎ目が入っているように見えるのだ。実際に見えているわけではないだろうが、トルコ石を知っているからイメージできる。ほかの人にはまったく目に止まらない冬空が、賢治には宝玉の空に見えている。

そんな空なら、太陽は、賢治を喜ばせるためにどしどし燃える（実際に燃えているということを賢治は知っていた）だろう。笹の葉に積もった雪が溶けて落ちるのは、太陽が燃やしているかのように見せている。

この最終連には宗教的な匂いもある。

カーバイト倉庫

まちなみのなつかしい灯とおもつて
いそいでわたくしは雪と蛇紋岩（サーペンタイン）との
山峡（さんけふ）をでてきましたのに
これはカーバイト倉庫の軒
すきとほつてつめたい電燈です
（薄明（はくめい）どきのみぞれにぬれたのだから

巻烟草に一本火をつけるがいい
これらなつかしさの擦過は
寒さからだけ来たのでなく
またさびしいためからだけでもない
（一九二三、一、一二）

この日は木曜日。学校はまだ始まらないらしい。カーバイドは工業用原料の炭化カルシウムのこと。この場所は、東和町のＪＲ釜石線岩根橋駅近くと言われるが、冬の最中に山の中で何をしていたのか。頭の中にはまだ宝飾業のことがこびりついていて、原料探しに出歩きたいという衝動を抑えきれなかったのか。あるいは家にいたくないということなのか。

「まちなみのなつかしい灯」だなどと、一週間も山にこもっていたかのようだが、道を失って丸一日、ひとりで心細い山歩きをすればそんな気になるかもしれない。カーバイト倉庫の軒先についていた電灯は透き通って冷たいと感じた。心を温めてはくれなかった。それを「なつかしさの擦過」と呼んでいる。いったい何とすれ違ってしまったのか。

寒かったからでもないし、さびしいためからだけでもないと言う。独立起業で上京という自分の希望とのすれ違いなのかもしれない。せめてトルコ石でも見つかればよかったのだろうが、雪と蛇紋岩以外にはめぼしいものを見つけることができなかったのだろう。

コバルト山地

コバルト山地（さんち）の氷霧（ひやうむ）のなかで
あやしい朝の火が燃えてゐます
毛無森（けなしのもり）のきり跡あたりの見当（けんたう）です
たしかにせいしんてきの白い火が
水より強くどしどしどしどし燃えてゐます
（一九二二、一、二二）

北上山地よりコバルト山地と呼ぶほうが、青々とした感じは伝わるだろうか。岩手では、春が終われば空気の色が変わる。山はどこまでも青く、空の青さと競うかのようにも思われる。しかし、真冬の北上山地にコバルトブルーの色を見ることができるのは、賢治ぐらいかもしれない。毛無森は早池峰山の北西に連なる峰みねを構成する山である。賢治はどこから見詰めているだろう。花巻のあたりからなら、毛無森も早池峰も薬師岳も、手前のコバルトブルー（冬の間は山水の世界だけれど）の低い山並みの上に乗り出すようにそびえて見える。

一月の日の出は南東寄りだから、雪の斜面がちょうど照らされて反射光が輝くこともあるかもしれない。たとえ反射まではしなくても、朝の光に照らし出されて美しい光景を見せるだろう。「せいしんてき」とかな表記であるのはなぜか。揶揄（やゆ）の気持ちが交じっているが、その方向がどちらを向いているのかは決められない。そして「水より強く燃える」のだ。これは詩「屈折率」と同じ水だろうか。とすれば、賢治が浸っている水である。自分の家の信仰よりも強くどしどしと、白い火が燃えているのだ。ちなみにこの日は日曜日である。学校の授業は始まったらしい。

花巻農学校精神歌

日ハ君臨シカガヤキハ
白金ノアメソソギタリ
ワレラハ黒キツチニ俯シ
マコトノクサノタネマケリ

日ハ君臨シ穹窿ニ

ミナギリワタス青ビカリ
ヒカリノアセヲ感ズレバ
気圏ノキハミ隈モナシ

日ハ君臨シ玻璃ノマド
清澄ニシテ寂カナリ
サアレマコトヲ索メテハ
白亜ノ霧モアビヌベシ

日ハ君臨シカガヤキノ
太陽系ハマヒルナリ
ケハシキタビノナカニシテ
ワレラヒカリノミチヲフム

花巻農学校の「精神歌」を賢治が作詞したのは、この「コバルト山地」を書いたあとで、「年譜」によればこの年の二月のことだ。農学校に職を得てから三カ月にも満たない。この賢治の張り切りようは、はた目にも楽しそうに見えたのではないか。

「花巻農学校精神歌」は『春と修羅』に収録されているわけではないが、詩作の流れをたどるとき、詩作の始まりとほぼ同じ時期に「精神歌」が作られたことの示す意味は大きいと思う。この詩が一つの分岐点にもなっているような気がする。この詩を境に教師賢治が誕生したとでもいうような。最初は仕方なく「陰気な郵便脚夫」になるつもりでなった嫌々の教師の職だったが、それがどうも面白い、やりがいを感じると思えるほどに変化した、そういうことではないかと思う。『春と修羅』の始まりの、屈折した心を弾劾するような調子の一連の作品群に対して、「精神歌」には気持ちを鼓舞する明るさがある。燃えるような使命感が底流に流れている。賢治はこのとき強い使命感に動かされていたことが分かる。

精神歌の歌詞を読むと、賢治は自然の営みの奥深さ、スケールの大きさに気付かせることで、生徒たちに農学校で学ぶことへの意欲と自信、農業への誇りを持たせようとしている。第一連のわずか四行から始めるその力強さはどうだろうと思う。

土の上で働く君たちのその上には太陽が君臨している。その光は黄金よりも価値がある白金(プラチナ)の輝きだ。その雨を浴びてわれらは働くのだ。豊穣の黒い土に伏せてわれらがまいているのは、真実の種なのだ。そう、呼びかけている。

空いっぱいに青い光がみなぎっている、気圏はその先端を縁取りされることなどなくどこまでも続いていることが分かるだろう。われわれは教室で勉強もする。

教室は透明なガラスの窓（障子の窓ではないのだよ）になっている。そこは清澄な空間だ。勉強というのは孤独で寂しいものでもあるが、われわれは真実を求めるのだ。だから教室では、白堊の霧とも呼ぶべきチョークの粉を浴びたまえ。

地球が回っている太陽系は常に真昼であることを知っているか。太陽は輝き続けているのだ。だから宇宙に出れば、そこは常に真昼なのだ。そういう光の中をわれわれは旅をしている途中なのだよ。光の道を踏みしめていくのだ。

生徒はこんな世界観を示されたのだ。生徒たちが感動をしないわけがない。農学校でわれらが学ぶこととは、こういうことなのだと、身が引き締まる思いがしただろう。十五歳か、十六歳ぐらいの年齢の子どもたちである。大きな喜びを感じただろう。

ぬすびと

青じろい骸骨星座のよあけがた
凍えた泥の乱（らん）反射をわたり
店さきにひとつ置かれた

提婆のかめをぬすんだもの
にはかにもその長く黒い脚をやめ
二つの耳に二つの手をあて
電線のオルゴールを聴く

（一九二二、三、二）

夜明け近く、天文薄明が始まって夜空も次第に青白くなる。小さな星は見えなくなり、一等星や二等星などの明るい星だけになってしまう。すると星座は骨組みだけになる。賢治はこれを骸骨星座と呼んだ。そんな冬の終わりも近い夜明け前の町の中が舞台である。

ある者が、店先に置かれていた「提婆（だいば）のかめ」を盗んだ。夜通し店先に置かれているぐらいだから、だれでも必要なときには使うことが許されているのかもしれない。そのぬすびとはかめを抱えて不意に足を止める。聞こえてくる音に聴き入る。電線が風で鳴って、オルゴールでも響かせるように思えたのだ。電線とは近代科学の象徴だ。

提婆とは、偉大な出家者、提婆達多（だいばだった）のことだろう。「銀の匙（さじ）」で有名な中勘助に「提婆達多」という小説（岩手県立図書館に収録蔵書がある）がある。提婆は、釈迦をうらんで殺そうとしたほどの迷える修行者だった。苦しみを通して達多と呼ばれるようになった。中は、釈迦よりも提婆達多のほうが悟りの導者としてふさわしく描いている。

「ぬすびと」は「提婆のかめ」にも喩えられる大事な教えを持ち出したのだが、今、電線という西洋科学に出会って、抱えてきたかめのことを忘れている。両手を耳にあてているということは、かめはそのへんの地面に転がっているのだろう。愚か者なのだ。もっと科学の言葉を聞きたいと思っているぬすびとがいる。人は宗教をほっぽり出して科学に驚き心奪われてしまった。ああ、それでいいのか、と賢治は言っているのだ。

宗教は科学に侵蝕されてきた。ぬすびとは賢治自身のことだろうか、それとも世間の風潮なのだろうか。二人の賢治がいるのかもしれない。

恋と病熱

けふはぼくのたましひは疾み
烏（からす）さへ正視ができない
あいつはちやうどいまごろから
つめたい青銅（ブロンヅ）の病室で
透明薔薇（ばら）の火に燃される
ほんたうに、けれども妹よ

けふはぼくもあんまりひどいから
やなぎの花もとらない
（一九二二、三、二〇）

欲情と愛との境目はどこにあるだろう。うるわしいと感じるときに、欲情はすぐ後ろで見えないように隠れている。ずっと見ていたい、そばにいたいという感情がすべて欲情によって後押しされたものであるとしたら、仏（神でもいいが）の教えを守ろうとする人に、恋をするという行為は許されるだろうか。ということは、さておいて賢治の「恋と病熱」である。

作品には恋と歌っているのに甘美さや情熱はなく、いたたまれないほどの罪悪感を感じるばかりだ。これは感受性の問題ではないだろう。恋をするのは当然で、それは喜びであると思い込んでいる人種（当たり前だが！）にはおそらく理解できない感情の動きなのだ。

「恋」という言葉を「欲情」という言葉に置き換えると分かりやすいということもなくないのだが、それではこの詩に託された深い意味が消えてしまう。だから、ここでは自分の心を無意識のうちに動かされてしまうことに対する極端な警戒感とでも説明しておくことにする。自分の「魂」では制御できないものがある。それは病熱と同じようなものだというわけだ。ただし、この詩はまだ、自己紹介という側面が強いのだと思う。自分の状態を歌ったということよりも、「たとえば恋についてはこういう受け止め方もいたします」というように、自分を見せているのだと思う。

「烏さへ正視ができない」というのは、（罪悪感から）カラスにも顔向けできないという意味だ。この滑稽さに意味があるのだろう。

「透明薔薇」とは血のことで、火に燃やされることで熱を発する。

妹トシは病気のため前年九月に花巻高等女学校の教諭を退職し、実家隣の建物を病室として療養していた。八畳の病室はすきま風が入って寒く、窓明かりもあまり入らず薄暗かったという（『校本宮沢賢治全集』年譜）。「つめたい青銅の病室」という表現は、病院の部屋を思わせるが、原子朗『宮沢賢治語彙辞典』には「部屋に青い蚊帳をつるしていたことからの連想」とある。青銅色は寒色だから次の行を際立たせる役割も果たしている。

トシはその寒い中で「透明薔薇の火に燃される」。透明で目には見えない真っ赤なバラの花が肺に咲いていて、その熱がトシの体を焼いている。まるで岡井隆の歌を読むようだ。美しさと崇高さを感じさせる。

字下げ行の次にある「ほんたうに　けれども妹よ」という一行が、この詩を理解する鍵になると思う。何が「ほんたう」で、なぜ「けれども」なのか。この言葉の間には省かれている言葉がある。省いた理由は、言葉にすることができないからだ。

「ほんたうに」のあとに省かれているのは「オレとお前は似たもの同士だ」というような言葉なのだと思う。同情ではなく共感である。妹のお前が熱に苦しむこと、オレの魂も（恋にではあるけれども）同じように苦しんでいると、言いたいのだが、死も覚悟しなければならないような妹の病気と、自分の恋の熱（たとえそれがどんなに高尚な悩みであったとしても）とを同等に扱うことなどできようはずもない。だから、言葉は隠さなければならない。

「ほんたうに　けれども妹よ」という、空白の一文字分に賢治が口をつぐんだ理由がそこにある。妹が同じ志を抱く同志であると賢治が考えていたとすれば、そのあとに持ち出してくるネコヤナギの花は、思いやりよりも謝罪に近いだろう。となるとこれはやはり感受性の問題なのか。「やまれぬ欲情」に深く恥じ入るということだからだ。賢治にとって恋とはすべからく欲情でもあるのだ。賢治は深く心を顧みて恋がやってくる場所を見つけ出している。

この詩を読むと、賢治より八歳年下の中原中也の「妹よ」という詩を連想する。

妹よ　（中原中也）

夜、うつくしい魂は涕（な）いて、
——かの女こそ正当（あたりき）なのに——
夜、うつくしい魂は涕いて、
もう死んだつていいよう……といふのであつた。

湿つた野原の黒い土、短い草の上を
　夜風は吹いて、
死んだつていいよう、死んだつていいよう、と、
　うつくしい魂は涕くのであつた。

夜、み空はたかく、吹く風はこまやかに
　――祈るよりほか、わたくしに、すべはなかつた……

美しさでは賢治はとても中也にかなわない。が、求めるものが違う。なぜ賢治の魂は恋することに「疾む」のか。なぜ引き裂かれるのか。恋という感情を受け入れることに対するこの警戒感はどういうことか。感情に揺さぶられることに対する罪悪感である。賢治は自分を許さない。意識と実際との葛藤である。そういうものがあるとだけ、ここでは、読む側は受け止めるしかない。

さて、本当に春も間近い三月の河川敷に賢治の恋は芽吹いていたのか。感情の巻き起こす嵐の大きさのわけを求めて悩み続けたのか。

賢治は自分が現象であるという認識の上に立っていた。そして、その現象を生み出す装置であ

る電灯（自分）は、そういう現象を引き起こすように「仮定された」ものであるという意識があった。そういう現象を見せるために自分はここに置かれたという意識である。

賢治は、短歌ではなく詩の形式でそれらを記述し、記録しようと決意をしたわけだ。確かに、それならば、決意したその瞬間から、目に映る風景の意味は変化する。賢治は問いかける。「わたくしの心に映る事象の意味とは何か」。わたくしを仮定した何ものかに問いかける必要があるではないか。自分を現象と呼ぶことは命を投げ出したに等しい。そういう精神性が『春と修羅』のテーマである。そこでは、恋をすることの意味も問われる。もし、賢治が「恋と病熱」で、恋を問おうとするなら、まず恋という現象の姿を映し出さねばならない。なのに、ここにはそれがない。賢治が問いただしているのは恋ではない。恋によって巻き起こされた情動の意味を解こうと苦しむ自身である。

もし、この詩の冒頭の二行がなければとても美しい詩になっていたと思う、この詩はもっと高く評価された気がする。しかし、冒頭二行があることで、この詩は意味をなしている。

この詩にはまた、賢治が詩の中ではあまり使わなかった二つの単語がある。第一行目に登場する「ぼく」と「たましひ」である。

賢治はどういう意味で「たましひ」を用いているのか。『春と修羅』第一集では、このほかに「小岩井農場」で二カ所登場するだけで、第二集や第三集では使われていない。賢治は基本的に「たましひ」という言葉で、思いを伝えたり、強調することをしていない。

この言葉を心や精神の核となるようなものとして、比喩的に用いたとは思えない。「小岩井農場」の使い方をみてもそう思う。「たましひ」は霊魂の意味で、自分（肉体ではなく）と対をなすものとして見なしているようだ。肉体と心を備えた自分がいて、そこに魂が一緒にいる、そんな感覚だろうか。

賢治にとって、性衝動の単なる抑制ということがテーマになっているのではない。そこは強調したい。衝動の抑制は現実世界の対症療法（例えば山歩き）にゆだねるしかない。普通はそれでいいだろう。この時期はまだ禁欲主義を貫いているようだが、賢治もある時期からはそう考えを改めたようだ。しかし、そんな対症療法の是非が問題ではないのだ。そういう世界をどう記述するかということが問題なのである。一千年経ったとき、これらの詩群を読んだ若者が、昔は恋にこんなに真剣に悩んだのだなあと思うだろう、というようなことを賢治は考えている。

やはりこれは詩集の読者に対する自己紹介なのだと思う。その自己紹介も終わるようだ。賢治はこのあと、いよいよこの詩集の主題を展開してみせる。

■観察者ミヤザワケンジ氏によって改訂された心象スケッチ

詩「春と修羅」はこの詩集の主題である。

春と修羅
(mental sketch modified)

心象のはひいろはがねから
あけびのつるはくもにからまり
のばらのやぶや腐植の湿地
いちめんのいちめんの諂曲（てんごく）模様
（正午の管楽（くわんがく）よりもしげく
　琥珀のかけらがそそぐとき）
いかりのにがさまた青さ
四月の気層のひかりの底を
唾（つばき）し　はぎしりゆききする
おれはひとりの修羅なのだ
（風景はなみだにゆすれ）
砕ける雲の眼路（めぢ）をかぎり
　れいろうの天の海には

聖玻璃（せいはり）の風が行き交ひ
ZYPRESSEN 春のいちれつ
　くろぐろと光素（エーテル）を吸ひ
　その暗い脚並からは
　天山の雪の稜さへひかるのに
（かげろふの波と白い偏光）
まことのことばはうしなはれ
　雲はちぎれてそらをとぶ
ああかがやきの四月の底を
　はぎしり燃えてゆききする
おれはひとりの修羅なのだ
（玉髄の雲がながれて
　どこで啼くその春の鳥）
日輪青くかげろへば
　修羅は樹林に交響し
　　陥りくらむ天の椀から
　　　黒い木の群落が延び

その枝はかなしくしげり
　すべて二重の風景を
　喪神の森の梢から
ひらめいてとびたつからす
（気層いよいよすみわたり
　ひのきもしんと天に立つころ）
草地の黄金をすぎてくるもの
ことなくひとのかたちのもの
けらをまとひおれを見るその農夫
ほんたうにおれが見えるのか
まばゆい気圏の海のそこに
（かなしみは青々ふかく）
ZYPRESSEN しづかにゆすれ
鳥はまた青ぞらを截る
（まことのことばはここになく
　修羅のなみだはつちにふる）

あたらしくそらに息つけば
ほの白く肺はちぢまり
（このからだそらのみぢんにちらばれ）
いてふのこずえまたひかり
ZYPRESSEN いよいよ黒く
雲の火ばなは降りそそぐ

一九二二、四、八

表題のかっこ書き「mental sketch modified」とはどういう意味か。「心象」という言葉を賢治はこの詩の中でも「序」でも用いている。一般には「修飾された心象スケッチ」というとらえ方がされているようだが、ニュアンスが少し違うような気がする。素直に「心象スケッチは書き換えられた」と受け止めるのがいいのではないかと思う。

自分が観察官として世界を記述（記録）する役割を負っていると賢治は主張したいのではないかと思う。賢治が「わたくしといふ現象」という意味がそれである。個人としてではなく、観察者として目に入ってきたものを記録することは、風景もまた現象になる。ほかの人には見えていないが、ミヤザワケンジ氏には実像が見えているのですと、言っているように思える。これこそが、詩集の本当の狙いなのだと思う。

新たな世界に踏み出して迎えた最初の春、賢治は記録すべき春の世界を目撃する。それを記述する行為のことをメンタル（心象）スケッチと賢治は名付けた。自分が現象であるのだから、自分の目に見えるということ自体も現象である。だから、自分という「装置」を消して、心に映る風景を記録したものだと、自身の立ち位置を明確にしたのだ。

さて「春と修羅」である。賢治の目に映っている春の景色は、正義感の強い青年にとって許せないものだ。真っ先に言葉にしなければならなかったのは、汚れて嘘とごまかしに満ちた耐えられないような景色だった。

「心象のはひいろはがね」とは、青空の見えない北国特有の春の空の光景だ。「あけびのつるはくもにからまり」とは、力や金のある者に人々がすり寄っているようなイメージだろう。

　のばらのやぶや腐植の湿地
　いちめんのいちめんの諂曲（てんごく）模様

目に見える世界はトゲだらけの藪と歩くことも容易でないぬらぬらする地面。辺り一面が欺瞞に満ちている。そんな景色だ。

これは社会に対する告発だろう。なぜ、そんな景色の中に暮らしているのか。そんな怒りのこもった表現だ。
「正午の管楽」とは、学校や職場で正午の時報代わりに流されるラジオ音楽を引き合いにしているのかもしれない。そんな偽物の音楽などより、実際の日の光は「琥珀のかけら」のように、もっとまばゆく力強くありがたいものなのにと賢治は言う。
それを誰も気付きもしないので怒りはいっそう苦く、より青さを増すのだと憤っている。光がやってくる天上からみれば、地面は気層（大気圏）の一番底になる。そこで自分は毒づき歯ぎしりして歩き回っている。自分は怒りの修羅になってしまった。

　砕ける雲の眼路（めぢ）をかぎり
　　れいろうの天の海には
　　　聖玻璃（せいはり）の風が行き交ひ

見上げると、（波がぶつかりあったかのように）砕けた雲が目の届く限りある。天の海は透き通って輝いている。神聖で透明な風が行き交っている。糸杉は凛として空に向かい整列している。

　　ZYPRESSEN 春のいちれつ
　　　くろぐろと光素（エーテル）を吸ひ

その暗い脚並からは
天山の雪の稜さへひかるのに
（かげろふの波と白い偏光）

「ZYPRESSEN」はサイプレス（糸杉）だが、賢治はしばしば怒りの象徴として使う。声にするときはツィプレッセンと僕は発音することにしている。糸杉が列をなし、光のエネルギーをさもうまそうに吸収している。その樹列の間からは、天の遠いところにある天山が頂いている雪の稜線も光って見える。それなのにああ、この地上世界の景色はなんということだ。かげろうのようなあるかないか分からないような波がある、スペクトルが混ぜ合わさって白いほうへ偏ったかのような光だ。天はわたしにその光を送っている。

まことのことばはうしなはれ
雲はちぎれてそらをとぶ

それなのに、修羅のいる「底」には「まことのことば」は失われ、人が目指すべき高みにある雲はちぎれ飛んでいる。そんなところにいるおれは一人の修羅なのだ。

（玉髄の雲がながれて
　どこで啼くその春の鳥）

あ、「玉髄の雲」が流れたぞ、いま鳥の声が聞こえたぞ。どこでその春の鳥（ウグイス）が啼いているのだ。
「玉髄の雲」は仏頂石の形をした雲のことだが仏の姿を暗示する。

日輪青くかげろへば
　修羅は樹林に交響し
　　陥りくらむ天の椀から
　　　黒い木の群落が延び
　　　　その枝はかなしくしげり
　　すべて二重の風景を
　喪神の森の梢から
ひらめいてとびたつからす

天はそうした「修羅のいる世界」を悲しんだのだろう、底（地表）に陥って暗く光を失った。

その伸ばした捥《ママ》（うで）から黒い木の群落が広がって、枝は悲しくしげっているかのようだ。すべてが二重の風景になっている。正しくまことのものと、まがまがしい偽りのものとが一緒の風景になっているのだ。そんな「喪神の森の梢から」烏が飛び立つ。

喪神とは失意という意味で用いていると思うが、大切な精神を失ったというように字面通りに理解してもいいかもしれない。

けらをまとひおれを見るその農夫
ほんたうにおれが見えるのか

怒りの目は農民にも向けられる。賢治は農民が自分のことを敵視していると感じている。「金持ち息子の頭のおかしいやつ」とあざけられていると思っている。彼らは、賢治がどんなに世界のありようについて憤り、どうにかしてそれを変えてやりたいと願っているかを、農民は知らない。賢治の本当の姿、農民の生活よりはるかに苦しい精神世界の苦しみを担っているということを、お前たちは分かっているのか。そう言っている。「お前たちのためにオレは戦っているのだ、それをお前は分からないだろう。お前にはオレの姿は見えていないのだ」と、農夫を見て思う。

ここには賢治の正義感が強く表れている。盛岡中学時代の舎監排斥運動も、父への宗教的な反抗も、嘉内が退学になったときの教授陣への談判も、国柱会や花巻農学校での振る舞いも、みんなそうした強い正義感の表れと感じる。

　賢治が農学校を退職するのはこのわずか四年後だ。農学校で生徒を教えることで賢治は本当の意味での農民の大切さに目覚める。それゆえに、口先だけ立派なことを言って、自分はぬくぬくとした生活をしていることを許せなかった。

「囈語」という三十歳の時に書いた詩がある。

　竟に卑怯でなかったものは
　あすこにうかぶ黒と白
　積雲製の冠をとれ

　竟（つい）に最後までやり終えて卑怯（ひきょう）でなかった者は、あすこに浮かぶ黒と白からなる雲の冠を取る権利があるという意味だ。

　賢治の正義感が表れている。農学校を辞めて羅須地人協会を立ちあげて自耕自炊の生活を始めたとき、栄養不足を心配した母親のイチが料理を届けさせたのに対して賢治は怒って追い返している。賢治にとっては人に頼らず自耕自炊することに意味があった。自立する農民見本となろうとしたわけだからである。母は泣き、賢治も母を悲しませたことに泣いた。賢治の自活の方法というのは一度に数日分の米を炊いてまるめて井戸につるしておき、必要な分をたべてはまたつりさげておくというようなやり方だった。おかずはつけもの程度である。見事な合理精神なのか、それとも先のことを考えない浅はかな合理主義者なのか、あるいは、やりたいこと以外はしないずぼらななまけものということなのか。

そういうかたくなな正義感が賢治という人間の特徴だと思う。

賢治が抱えていた修羅意識は、そういうところからやってきたのではないか。怒りの気持ちを抱いてはいけないと思う、ましてそれを人にぶつけることなどしてはいけないことだ。しかし、賢治は怒りを抑えることができない。修羅となってしまう自分がいる。

具体的に何と戦っているのか。生きること自体が罪であるという意識もあっただろう。動物や植物も同じく命を持った生命であるのに、生命は他の命を奪って長らえるという仕組み、貧しい農民たちから金を得るという家の商売、倫理を説き高潔な精神をうそぶく教師、偽りの教えで生計を立てる仏教者、弱い者がより弱い者を虐げるという現実、役人や公職にある者たちと庶民との大きな経済格差。病気の妹を心配しながら、ほかの女性のことを考えたりしてしまう自分。

それらは他愛もないことだろうか。子供じみた思春期の気の迷いだろうか。賢治はそれを精神の深いところで考えようとする。デカルトやサルトルが苦悩を通して自分を見いだしたように、それは自分を発見する物語に似ている。ヘッセが「デミアン」で「僕らは卵から生まれた少年という名の鳥なんだよ。卵は世界だ、生まれようと欲するものは一つの世界を破壊しなければならない。鳥は、神に向かって飛ぶ」と記したように、賢治も深いところで、あるべき自分の姿を探し求めている。破らねばならない殻を破ろうとしている。

ほんたうにおれが見えるのか

自分は誰にも理解されない孤独な存在であるというわけだが、自分が現象であるとするなら、自分の姿が他人にどう見えようとも関係のないことだ。そんなことにどんな意味があろう。つまり、ここに書かれているのは道程なのだ。

■「まことのことば」とは

（まことのことばはここになく
修羅のなみだはつちにふる）

「まことのことば」とは宗教的な表現だ。「ここに」とは修羅が苦しんでいる現実世界のことだろう。なぜ、「まことのことば」が必要なのか。そもそも「まことのことば」とは何か。どこであれば「まことのことば」はあるのか。

大正のころ、日本には宗教があったのだろうか。明治のころについては、新渡戸稲造が「ない」と言っている。新渡戸は留学した米国で「日本には宗教（キリスト教）がないのにどうやって道徳を教えるのか」というあざけりにさらされた。要するに、お前たち日本人は規律も知らず、裏切ることも平気な野蛮人なのではないかというのである。それがあからさまな人種差別の理由にもなっていたのだろう。

新渡戸は幼い頃から負けず嫌いで短気。いわゆる手のつけられない子どもで、藩重臣の血を引いてプライドが高く正義感もひときわ強かった。勉強でもけんかでも負けたり、ばかにされることは我慢できない性格だった。英著『武士道』はそんなところから生まれたのだろう。「日本には宗教はないけれども武士道という精神がある」という反論がアメリカの大統領を含む要人たちの心に響いた。このときの宗教とは本来的にはキリスト教を指しているのだろうが、新渡戸は仏教を宗教とは見なさなかったことが分かる。生活文化としての宗教はあったろう。しかし、それはキリスト教のように物事の判断基準とはなっていなかった。なので、新渡戸は「武士道」という言葉で、日本に根付いている道徳規範を説明したのだ。これは新渡戸の意図的な嘘である。どういう言葉なら外国人に分かってもらえるかを考え、外国の騎士道精神と結びつきやすい言葉を見つけたのだろう。

それでも、日本に宗教はなかった。新渡戸が言っているのだから間違いないだろう。宮沢家のように寺とかかわりの深い家であれば信仰はある。だが、信仰に基づいた行いや考え方の明確な規範となるものはなかったのではないか。「まことのことば」の意味とはここにあると感じる。「法華経の教え」という意味だけにとどめる必要はない。

賢治にとって新渡戸は盛岡中学の先輩である。『武士道』が出版されたのは明治三十三年（一九〇〇年）で、賢治が盛岡中学を卒業する大正三年まで、新渡戸は旧制一高（現東大教養部）校長の職にあった。野村胡堂は一高に合格した入学式で校長だった新渡戸の式辞を聞いている。盛岡中学の生徒たちにとってはあこがれであったはずだ。

だが、賢治は新渡戸に対してそっけない。まったく無視をしている感じがする。武士嫌いだったこともあるが、それだけではないだろう。当時、新渡戸は一高校長の職にあって婦人雑誌に連載を持ち、世渡りの道などを熱心に説いて大好評を博していた。単行本は売れに売れ、印税で大もうけをし、広大な屋敷も購入した。札幌農学校で同級生だった内村鑑三が「お前は堕落した」と、新渡戸を訪ねて面罵したという。それでも新渡戸はキリスト教の中でも最も戒律の厳しいクエーカー教徒であり続けた。新渡戸が説いた世渡りの道とは、よく学べ、悪に染まるな、くじけそうになったときはこう思え、などという人生訓である。現代でも読むに値する内容だと思う。

賢治は認めなかったろう。日本には宗教がなくあるのは武士道であるなどと、とんでもない話だ。しかし、社会は賢治の思いと正反対である。賢治が戦わねばならないものは多かったのではないか。豊かになることを賢治は否定していない。しかし、問題は賢治の正義感だろう。若き賢治は正義感を発揮したのだと思う。一人であっても信仰の道を行こうと。

■恋心という精神

春光呪［咀］

いつたいそいつはなんのざまだ
どういふことかわかつてゐるか
髪がくろくてながく
しんとくちをつぐむ
ただそれつきりのことだ
　春は草穂に呆（ぼう）け
　うつくしさは消えるぞ
　（ここは蒼ぐろくてがらんとしたもんだ）
頬がうすあかく瞳の茶いろ

ただそれつきりのことだ
（おおこのにがさ青さつめたさ）
（一九二二、四、一〇）

明るい春の光に呪いの言葉を投げつけるなど不信心な。もっとも、それは内側に向いている。ここでも、かっこ書きで「ここは蒼ぐろくてがらんとしたもんだ」と、修羅意識が顔を出している。なぜこんな言葉が必要なのか。恐れずに書かなければ修羅の意識は伝わらない。自分を戒めるのは宗教的な理由からではない、自らの意思によるものだと宣言している。意思とはもちろん修羅として歩むことを決めた決意のことだ。「おおこのにがさ青さつめたさ」。青年は正直に、そして深刻に受け止めて見せている。

こういう態度こそ賢治的なのではないだろうか。恐らく一般的に思われている賢治のイメージそのもののような気さえする。

堀尾青史は『年譜宮沢賢治伝』の中で、賢治が「性欲を一つの人間悪と考え、精神と肉体労働の邪魔になるものとしていた」と解説している。簡単に言えばそういうことなのだろうが、そんな知識が何になるというのだ。目に見える風景は、そんなことを語らない。二十五歳の賢治に映る風景こそがここでは真実になる。

こういう内容のあとに続けていいのかどうか迷うのだが、そうであるにもかかわらず、五年もすると賢治のほうが変質する。「禁欲は何にもならなかった」と、周囲に吐露することになったらしい。

詩の内容も変質する。五年の間に賢治に何があったのか。三十歳のときの詩には、こんなふうに恋がうたわれた。

〔あの雲がアットラクテヴだといふのかね〕

一九二七、四、五、

（前略）
あたたかくくらくおもいもの
ぬるんだ水空気懸垂体
それこそほとんど恋愛自身なのである
なぜなら恋の八十パーセントは
H_2Oでなりたって
のこりは酸素と炭酸瓦斯との交流なのだ、

賢治のジョークだ。人の体は八〇%が水分で、酸素を吸い込み二酸化炭素を吐き出して生きている。そんな人が恋をするなんて、水蒸気が懸垂のように立ち上がる雲となんら変わりない。同じ成分じゃないか。というのである。

春の雲に関するあいまいなる議論
一九二七、四、五、

あの黒雲が、
きみをぎくっとさせたとすれば
それは群集心理だな
この川すぢの五十里に
麦のはたけをさくったり
桑を截ったりやってゐる
われらにひとしい幾万人が
いままで冬と戦って来た情熱を
うらがなしくもなつかしいおもひに変へ
なにかほのかなのぞみに変へれば
やり場所のないその瞳を

みなあの雲に投げてゐる
それだけでない
あのどんよりと暗いもの
温んだ水の懸垂体
あれこそ恋愛そのものなのだ
炭酸瓦斯の交流や
いかさまな春の感応
あれこそ恋愛そのものなのだ

という詩も登場する。二年という時間の重さだろうか。苦しんだはての安逸だろうか。「恋」という言葉に与えた意味もずいぶんと変化している。

この詩を読むときは「雲」という言葉を「女」に差し替えると分かりやすいかもしれない、恋愛とは雲と同じであるという。水蒸気と二酸化炭素と窒素と水素、酸素などによって作られた「温んだ水の懸垂体」であるという。元素に還元すれば恋愛も同じである。人間の体がそもそもそんなものだというのだ。人は死んだら水蒸気と二酸化炭素と残りはいくらかの炭化物になるという合理的な精神を、このころの賢治は持っていたらしい。「春光呪咀」は二十五歳の賢治であり、「恋＝水蒸気」説を唱える賢治は三十歳。まるで脳天気の春である。この五年にはずいぶんと大きな隔たりがある。

日本には古来から、男女の間に使う「恋愛」という言葉がなかったと言われる。「社会」や「個人」などという言葉と同様に、明治以降に外国語を翻訳する際に作られた言葉だという。恋という言葉はあったが、愛とは言わなかった。当然、若者たちは「恋愛」とは何かと問うだろう。それは恋とは違うものかと。賢治もそう問い続けたに違いない。

■まばゆい朝焼けの光景

有明

起伏の雪は
あかるい桃の漿（しる）をそそがれ
青ぞらにとけのこる月は
やさしく天に咽喉（のど）を鳴らし
もいちど散乱のひかりを呑む
（波羅僧羯諦（ハラサムギヤテイ）　菩提（ボージユ）　薩婆訶（ソハカ））

（一九二二、四、一三）

花巻から見た朝の光景とすると、東の方角にある北上山地の緩やかな稜線だろう。今でも、この桃の汁を浴びたような朝焼けの色を見ることができる。だが、実際に見ている人は少ない。みんな夕焼けのような赤だと間違って思い込んでいる。あるいは日の出の太陽の色だと勘違いしている。詩ははっきりと日の出の前の時間帯に見える色のことを言っている。

■三人の妖女とは

谷

ひかりの澱
三角ばたけのうしろ
かれ草層の上で
わたくしの見ましたのは
顔いつぱいに赤い点うち
硝子様（やう）鋼青のことばをつかつて

しきりに歪み合ひながら
何か相談をやつてゐた
三人の妖女たちです
（一九二二、四、二〇）

作品の現場は谷だが岩手に谷は多い。北上山地に入ればどこもかしこも山峡の集落である。耕作に向いた平地が少ないので斜面に三角の畑を開墾している。その後ろ（上の方ということ）の斜面に光が澱んでいると賢治には見えた。春は急速に緑を増しているが、斜面にはまだ新緑に生え替わらずに枯れ草が覆っている層がある。群生する種類によって発芽の時期も生長の速度も異なるから植物は層になる。しゃくなことに、賢治が使う「枯れ草」は、われわれが使う言葉とは意味の深さにおいて決定的に異なっている。賢治にはその雑草の群落がどんな種類で構成されているかが分かっているのだ。

詩はその層の上で三人の妖女が相談しているのを見たというのである。マクベスならば王になるという予言だが、賢治がいったい何の王になれるというのか。しかし、賢治が見たというのだから信じるしかない。異様な妖女の使う言葉はガラスのように透明で怜悧な青色をしている。青は賢治にとって怒りのメタファー（象徴）だ。妖女らは怒っている。

「顔いっぱいに赤い点」を打っていると言われて思いつくのはヤマユリだ。賢治は盛岡中学を卒業した後、熱を出して入院した。その回復にはヤマユリの球根が効くと分かり、退院後は球根を採りに一人で歩いたことがあった。

友だちの
入学試験ちかからん
われはやみたれば
小き百合掘る。
（歌稿B145異稿）

それとも妖女はヤマユリだったのか。谷間の日照時間は短い。斜面の小さな田畑を耕すしかないのでは農家の暮らしも厳しいものだろう。もし妖女らがカラスならば畑の収穫物を狙う。あるいは畑にいたずらを仕掛ける。まいたばかりの種をほじくりだして食べようとする。だからそれは農家を苦しめるための悪巧みの相談か。

そこは分からない。賢治は光が淀んでいると感じ、その通りに妖女を目撃したと言う。谷の三角畑の上には妖女がいる。賢治にとって、ここはそういう土地なのである。

この詩についてはある証言がある。関登久也『宮沢賢治物語』（学研）の「回想記」に「場所は、今花巻小学校のグラウンドになっている、昔の四角山という小さな岡のあたりです。瘡瘡にかかわりのある妖女達ということでした」と書かれている。いずれ賢治は妖怪や化け物や幽霊をよく目撃していたらしい。

■カラスは枯れ草を嫌うもの

　陽ざしとかれくさ

どこからかチーゼルが刺し
光（くわう）パラフヰンの　蒼いもや
わをかく、わを描く、からす
烏の軋り……からす器械……

（これはかはりますか）
（かはります）
（これはかはりますか）
（かはります）
（これはどうですか）
（かはりません）
（そんなら、おい、ここに

雲の棘をもつて来い。はやく
（い、え　かはります　かはります）
……………………刺し
光パラフヰンの蒼いもや
わをかく　わを描く　からす
からすの軋り……からす機関
（一九二二、四、二三）

カラスの鳴き声は「カア、カア、カア」と聞こえるのが一般的だろう。賢治には「これ、変わ（ります）、かあ」と聞こえたらしい。枯れた雑草に覆われた原野を歩けば、枯れたチーゼルの実が刺さる。春の日差しに包まれて景色は青白くもやっている。

カラスたちは早く緑いっぱいの野原に変わってほしいと思っている。だから、枯れ草の上でいちいち「これは新緑に変わるかい」と尋ねて回っている。答えているのは枯れ草なのか。「かわりません」などと言うから、チーゼルなんかじゃなくて雲のトゲを持ってきてここに雨を降らせろと脅している。

春の野原はうるさい。カラスはまるでそのための機械のようだ。

■春は眠い

雲の信号

あゝいゝな、せいせいするな
風が吹くし
農具はぴかぴか光つてゐるし
山はぼんやり
岩頸（がんけい）だつて岩鐘（がんしやう）だつて
みんな時間のないころのゆめをみてゐるのだ
　そのとき雲の信号は
　もう青白い春の
　禁慾のそら高く掲（かか）げられてゐた
山はぼんやり
きつと四本杉には
今夜は雁もおりてくる

（一九二二、五、一〇）

字下げの三行がなければ、誰の詩だか分からない。

岩頸、岩鐘と言えば例えば南昌山と連なる山々。奥羽山脈という造山運動のあった太古の時代。そのころは時間というものがなかったらしい。

さて、雲は下界に信号を送っている。春の空は晴天でも真っ青にはならず、禁欲的に控え目なほど青白い。雲が送っているのはどんな信号だろう。それはここの時点では明らかにされていないので賢治にしか分からない。

■五月の風に吹かれる喪神

風景

雲はたよりないカルボン酸
さくらは咲いて日にひかり
また風が来てくさを吹けば

截られたたらの木もふるふ
　さつきはすなつちに廐肥（きうひ）をまぶし
　（いま青ガラスの模型の底になつてゐる）
ひばりのダムダム弾（だん）がいきなりそらに飛びだせば
　風は青い喪神をふき
　黄金の草　ゆするゆする
　　雲はたよりないカルボン酸
　　さくらが日に光るのはゐなか風（ふう）だ
　　　（一九二二、五、一二）

この当時は、桜は五月に咲いたようだ。現在より二週間ほど遅いと思えばいいだろうか。桜の季節なのでまだ寒さも残っていただろう。吹雪の入学式なんてよくあったわけだ。

カルボン酸は例えば酢。酸ではあるけれども物を溶かすほどの力はない。頼りなげな春の風景だ。風が吹いていて、先ほどは廐肥を吹き飛ばして砂土の上にばらまいていった。青空の下にあるその地上の風景は今、青いガラス模型の底のように見える。

喪神（そうしん）とは喪失した精神。賢治の目には、現代社会から失われた精神が見えている。それは青いのだという。風は喪神を吹いて、草も揺する。雲はまだ冬をひきずっていて、春の雲にはなっていない。春到来と言っていいのかどうか頼りない。すべての生き物に恵みをもたらす春が本当にやってきてくれるのか心許ないような春の風景なのだ、と賢治は言っている。

■保坂嘉内の思い出

習作

キンキン光る
西班尼（すぱにあ）製です
（つめくさ　つめくさ）
こんな舶来の草地でなら
黒砂糖のやうな甘つたるい声で唄つてもいい
（以下略）
（一九二二、五、一四）

「とらよとすればその手からことりはそらへとんで行く」は、保阪家の家庭歌。嘉内が子どもたちに歌わせた。もとは浅草オペラで松井須磨子が歌った「恋の鳥」という歌の一部らしい。「進んでいた子」だった嘉内が、盛岡高等農林の寄宿舎で、賢治に自慢気に歌って聞かせたものだろう。その返礼として賢治は作ったのだ。出来上がった詩集にこの歌を見た嘉内の得意さが目に浮かぶ。若い精神が衝突をしないわけはない。道が違えば決別も必然だ。だが、心のつながりは切れるものではない。それは自身が生きた道だから。友情の記憶は永遠に消え失せることはない。「黒砂糖のような甘ったるい声で」と賢治は言っている。嘉内を冷やかしているのだ。

休息

そのきらびやかな空間の
上部にはきんぽうげが咲き
（上等の butter-cup（バッタカップ）ですが
牛酪（バター）よりは硫黄と蜜とです）
下にはつめくさや芹がある
ぶりき細工のとんぼが飛び
雨はぱちぱち鳴つてゐる

（よしきりはなく　なく
　それにぐみの木だつてあるのだ）
（以下略）
　　　　　　　（一九二二、五、一四）

田起こしだろうか、畑だろうか。春の農作業が始まったのだろう。その作業の合間のつかの間の休息時間に、賢治は体を地面に投げ出した。butter-cup はキンポウゲの英語名。バターというより、硫黄と蜜を混ぜ合わせた黄色だと主張している。

　　真空溶媒
（Eine Phantasie im Morgen）

融銅はまだ眩くらめかず
白いハロウも燃えたたず
地平線ばかり明るくなつたり陰（かげ）つたり
はんぶん溶けたり澱んだり

しきりにさつきからゆれてゐる（後略）
（一九二二、五、一八）

ドイツ語訳は「ある朝のおとぎ話」。真空ははるか上空にある。そこに地上のあらゆるものが気体となって溶け込んでしまうという幻想に浸っている。時間の長さを数十億年に拡大して考えれば、地球も太陽もすべてはガスになって宇宙空間に散らばる。動物や植物などは数十年のうちに二酸化炭素と水蒸気になってしまうわけだから、十億年も生きるという修羅からみればみんな真空宇宙に溶け込んだ気体にすぎない。宇宙はそういうすべてのものを溶かし込む溶媒だという意識があるのだろう。

この詩の中頃にゾンネンタールという人物が登場する。ネアンデルタール人をもじって賢治の名付けた人種名なのだろう。『宮沢賢治語彙辞典』によれば、ドイツ語で「太陽の谷」という意味で「日の谷（ひのや）」とも訳せるから、それからの連想かもしれないと紹介している。現在のヒノヤタクシー（盛岡市）が操業したのは大正十三年。それ以前は日野屋古物商と言ったらしい。

蠕虫舞手（アンネリダタンツエーリン）

（え、、水ゾルですよ
　おぼろな寒天（アガア）の液ですよ）
日は黄金（きん）の薔薇
赤いちひさな蠕虫（ぜんちゆう）が
水とひかりをからだにまとひ
ひとりでをどりをやつてゐる
（え、、8（エイト）γ（ガムマア）e（イー）6（スイツクス）α（アルフア）
　ことにもアラベスクの飾り文字）（後略）
（一九二二、五、二〇）

きれいな水ではなく、少し腐敗がかった水たまりのボウフラをビーカーにでもすくってきたのだろう。実際、見ていると楽しい。そしてこの五七音を基調にした言葉運びのリズム感が踊りの臨場感を醸し出している。
この詩を読むと、ランボーの詩を連想してしまう。

母音

Aは黒、Eは白、Iは赤、Uは緑、Oはブルー
母音たちよ、何時の日か汝らの出生の秘密を語ろう
Aは黒いコルセット、悪臭に誘われて飛び回る
銀蝿が群がって毛むくじゃら　そのさまは深淵の入江のようだ
（後略）

訳はネット「フランス文学と詩の世界」（http://poesie.hix05.com/）から引用した。賢治はこんな世界には嫌悪感を催しただろうか。「蠕虫舞手」が見せる世界もフランス詩と近いところにあるような気がするのだけれど。

小岩井農場

パート九
（前略）
もう決定した　そつちへ行くな
これらはみんなただしくない

いま疲れてかたちを更へたおまへの信仰から
　発散して酸えたひかりの澱だ
　ちひさな自分を劃ることのできない
　この不可思議な大きな心象宙宇のなかで
もしも正しいねがひに燃えて
じぶんとひとと万象といつしよに
至上福しにいたらうとする
それをある宗教情操とするならば
そのねがひから砕けまたは疲れ
じぶんとそれからたつたもひとつのたましひと
完全そして永久にどこまでもいつしよに行かうとする
この変態を恋愛といふ
そしてどこまでもその方向では
決して求め得られないその恋愛の本質的な部分を
むりにもごまかし求め得ようとする
この傾向を性慾といふ　（後略）
（一九二二、五、二一）

「小岩井農場」は多くの人が愛する詩だろう。小岩井農場を歩いた足跡そのままを詩として歌っている。現在でもその道筋をたどることができ、賢治の野歩きを追体験することができる。岡澤敏男「賢治歩行詩考」（未知谷）が参考になる。

詩の内容について言えば、この詩は「恋と病熱」の延長上にあると思う。恋は賢治にとってとても大きなテーマだったらしい。恋の感情は修羅を呼び覚ますようなのだ。「たましひ」が問題になっているのだ。

賢治は言っている。「もひとつのたましひと永久にどこまでも行こうする」ことは変態であるというのだ。それは性欲であると言う。賢治は自分にその戒律を破ることを許せない。

賢治はもはや、二十五歳の若さにして大乗仏教の世界に住んでいる。厳しい戒律を自分に課して「至上福祉にいたろう」としているのだ。苦しみはそこからやってくる。そして、にもかかわらず、自分の心が勝手に、自分の意思に反して激しい情動を起こして来ることに怒りを覚えるのだ。それは愚かなことだろうか。いやそれは愚かしいと思う。賢治よ。そのことを誰が理解するというのか。孤独の道を歩むしかないではないか。

詩ではこの前のところに、ドイツ語の「der heilige Punkt」（神聖な場所）という言葉が出てくる。『宮澤賢治語彙辞典』はハイリッジ（heilige）について、ベートーベンが「遺書」を書いたハイリゲンシュタットとの関連を紹介している。賢治は鞍掛山が見える小岩井農場の北側の春子谷地のあたりを特別な場所と思っていたらしい。ベートーベンが「女を思い、絶望し、自殺を考え遺書を書いた」場所というわけである。賢治ってけっこう分かりやすいやつではなかったか。

報告

さつき火事だとさわぎましたのは虹でございました
もう一時間もつづいてりんと張つて居ります
（一九二二、六、一五）

学校でいつも騒いでいたのは賢治だったろう。生徒にとって、教師賢治は虹だったに違いない。

風景観察官

（前略）
ああ何といふいい精神だ

株式取引所や議事堂でばかり
フロックコートは着られるものでない
むしろこんな黄水晶（シトリン）の夕方に
まつ青（さを）な稲の槍の間で
ホルスタインの群（ぐん）を指導するとき
よく適合し効果もある
何といふいい精神だらう
たとへそれが羊羹（やうかん）いろでぼろぼろで
あるひはすこし暑くもあらうが
あんなまじめな直立や
風景のなかの敬虔な人間を
わたくしはいままで見たことがない
（一九二二、六、二五）

こんなにも率直な共感。賢治の精神が、農民の生活の中に溶け込もうとしている。いや、賢治の精神が溶媒となって、世界のすべてを溶かそうとしている。

このあたりから、賢治の中で、信仰と農業とが結びつき始めたのかもしれない。共通するのは孤独な苦しみである。

岩手山

そらの散乱反射（さんらんはんしや）のなかに
古ぼけて黒くえぐるもの
ひかりの微塵系列（みぢんけいれつ）の底に
きたなくしろく澱（よど）むもの
（一九二二、六、二七）

賢治が学んだ『物理学汎論』には光の振る舞いが紹介されていた。空が青くなるのは仏が染めたわけではなくレイリー散乱による効果であること、光がときに粒子のような、ときに波のような挙動をすることを賢治は理解していた。

微塵は仏教用語だ。それ以上分解できない非常に小さな単位である。現代物理学における素粒子のようなものである。その光の粒子が散乱され、気圏の一番の底に降り注いでくる光の中に、岩手山は汚く白く澱んでいると言っている。

この感覚は遠く離れると理解できるのではないかと思う。盛岡あたりから見ると雄大だが、紫波より以南から見える岩手山は雄大さを印象づけない。くすんだ色の、ただ自分の存在を誇示しているかのようにしか見えない。つまり、現実とはそういうものだ。

高原

海だべがど、おら、おもたれば
やつぱり光る山だたぢやい
ホウ
髪毛（かみけ）風吹けば
鹿（しし）踊りだぢやい

（一九二二、六、二七）

「物見山の山頂からは太平洋が見える」と教わったのは小学生のころだった。遠野にも物見山はあった。海を見たくて一人で登った。なんとなく青ぼけてみえるものがあったが、それが海なのかどうか、自信はなかった。

江刺と住田にまたがるようにある物見山もある。種山ケ原のてっぺんだ。賢治が登ったのはこっちのほうだ。ということは、遠野の物見山からはやはり海は見えないのかもしれないと思う。種山ケ原の物見山からなら、海は見えるのかもしれない。すべては子どもの頃の懐かしい大切な風景である。

このあとに続く「無声慟哭」や「オホーツク挽歌」の一連の作品はどれも素晴らしい。これこそが賢治の名を高らしめたものだろう。だが省く。

宗教風の恋

がさがさした稲もやさしい油緑（ゆりよく）に熟し
西ならあんな暗い立派な霧でいつぱい
草穂はいちめん風で波立つてゐるのに
可哀さうなおまへの弱いあたまは
くらくらするまで青く乱れ
いまに太田武か誰かのやうに

眼のふちもぐちやぐちやになつてしまふ
ほんたうにそんな偏つて尖つた心の動きかたのくせ
なぜこんなにすきとほつてきれいな気層のなかから
燃えて暗いなやましいものをつかまへるか
信仰でしか得られないものを
なぜ人間の中でしつかり捕へようとするか
風はどうどう空で［鳴］つてるし
東京の避難者たちは半分脳膜炎になつて
いまでもまいにち遁げて来るのに
どうしておまへはそんな医される筈のないかなしみを
わざとあかるいそらからとるか
いまはもうさうしてゐるときでない
さうしてゐるのが悪いとかいゝとか云ふのではない
あんまりおまへがひどからうとおもふので
みかねてわたしはいつてゐるのだ
さあなみだをふいてきちんとたて
もうそんな宗教風の恋をしてはいけない

そこはちやうど両方の空間が二重になつてゐるとこで
おれたちのやうな初心のものに
居られる場処では決してない

（一九二三、九、一六）

賢治は恋する男だったなあと思う。なんと正直なやつだろう。

詩の中で「おまへ」とは賢治のことであり、「わたし」というのも賢治である。「そこはちやうど両方の空間が二重になつてゐる」と言っている。「春と修羅」にも「二重の風景」が登場した。恋の初心者、信仰の世界の初心者は賢治のことだ。この三週間前に二十七歳になっている。

「宗教風の恋」「風景とオルゴール」「風の偏倚」「昴」の四つの作品が同じ日に書かれている。日曜日だったこの日、賢治は志戸平温泉方面へ出かけたらしい。上弦の一、二日前の月の夜を舞台に連作している。「風景とオルゴール」は午後六時半ごろだろうか。夜のとばりが下りる直前の薄明時。

（前略）
風がもうこれつきり吹けば
まさしく吹いて来る劫（カルパ）のはじめの風

ひときれそらにうかぶ暁のモテイーフ
電線と恐ろしい玉髄（キヤルセドニ）の雲のきれ
そこから見当のつかない大きな青い星がうかぶ
（何べんの恋の償ひだ）
そんな恐ろしいがまいろの雲と
わたくしの上着はひるがへり
（オルゴールをかけろかけろ）
月はいきなり二つになり
盲ひた黒い暈をつくつて光面を過ぎる雲の一群
（しづまれしづまれ五間森
木をきられてもしづまるのだ）

賢治は、風や雲、森の気配に恐れをなして祈っている。それから一時間ほどが経過して月の姿がくっきり浮かぶころである。「風の偏倚」が現れる。

（前略）
松倉山から生えた木は
敬虔に天に祈つてゐる

辛うじて赤いすすきの穂がゆらぎ
　（どうしてどうして松倉山の木は
　ひどくひどく風にあらびてゐるのだ
　あのごとごといふのがみんなそれだ）
呼吸のやうに月光はまた明るくなり
雲の遷色とダムを超える水の音
わたしの帽子の静寂と風の塊
いまくらくなり電車の単線ばかりまつすぐにのび
　レールとみちの粘土の可塑性
月はこの変厄のあひだ不思議な黄いろになつてゐる

さらに夜九時を過ぎると月は西に没して星たちが怪しい姿を現してくる。賢治は花巻電鉄の貨車に揺れながら、恐怖を感じている。題は［昴］である。

（前略）
東京はいま生きるか死ぬかの堺なのだ
見たまへこの電車だつて
軌道から青い火花をあげ

もう蝎かドラゴかもわからず
一心に走つてゐるのだ
　（豆ばたけのその喪神（さうしん）のあざやかさ）
どうしてもこの貨物車の壁はあぶない
わたくしが壁といつしよにここらあたりで
投げだされて死ぬことはあり得過ぎる
金をもつてゐるひとは金があてにならない
からだの丈夫なひとはごろつとやられる
あたまのいいものはあたまが弱い
あてにするものはみんなあてにならない
たゞもろもろの徳ばかりこの巨きな旅の資糧で
そしてそれらもろもろ［の］徳性は
善逝（スガタ）から来て善逝（スガタ）に至る

宗教はときに強面な顔を見せる。賢治もにこやかな顔ばかりではないようだ。

この日は関東大震災の半月後である。多くの被災者が花巻にも避難してきたことが分かる。しかし、そのことよりも賢治の頭の中は別の思いが占めているらしい。

第四梯形

青い抱擁衝動や
明るい雨の中のみたされない唇が
きれいにそらに溶けてゆく
日本の九月の気圏です
そらは霜の織物をつくり
萱（かや）の穂の満潮（まんてふ）
（三角山（さんかくやま）はひかりにかすれ）
あやしいそらのバリカンは
白い雲からおりて来て
早くも七つ森第一梯形（ていけい）の
松と雑木（ざふぎ）を刈（か）りおとし
野原がうめばちさうや山羊の乳や
沃度の匂で荒れて大へんかなしいとき
汽車の進行ははやくなり
ぬれた赤い崖や何かといつしよに

七つ森第二梯形の
新鮮な地被（ちひ）が刈り払はれ
手帳のやうに青い卓状台地（テーブルランド）は
まひるの夢をくすぼらし
ラテライトのひどい崖から
梯形第三のすさまじい羊歯や
こならやさるとりいばらが滑り
（おお第一の紺青の寂寥）
縮れて雲はぎらぎら光り
とんぼは萱の花のやうに飛んでゐる
（萱の穂は満潮
萱の穂は満潮）
一本さびしく赤く燃える栗の木から
七つ森の第四伯林青（べるりんせい）スロープは
やまなしの匂の雲に起伏し
すこし日射しのくらむひまに
そらのバリカンがそれを刈る

（腐植土のみちと天の石墨）

夜風太郎の配下と子孫とは
大きな帽子を風にうねらせ
落葉松のせわしい足なみを
しきりに馬を急がせるうちに
早くも第六梯形の暗いリパライトは
ハツクニーのやうに刈られてしまひ
ななめに琥珀の陽（ひ）も射して
（たうとうぼくは一つ勘定をまちがへた
　第四か第五かをうまくそらからごまかされた）
どうして決して、そんなことはない
いまきらめきだすその真鍮の畑の一片から
明暗交錯のむかふにひそむものは
まさしく第七梯形の
雲に浮んだその最後のものだ
緑青を吐く松のむさくるしさと
ちぢれて悼む　雲の羊毛

（三角（さんかく）やまはひかりにかすれ）
（一九二三、九、三〇）

雫石町の七つ森は、町のホームページによると生森（おおもり）・石倉森（いしくらもり）・鉢森（はちもり）・稗糠森（ひえぬかもり）・勘十郎森（かんじゅうろうもり）・見立森（みてのもり）・三角森（みかどもり）からなるとされている。しかし山の名前がすべて国土地理院の地図に記載されているわけでもなく、地元の人なら分かっているというわけではないようだ。だから賢治も個々の山の名前は知らなかったのではないか。

国土地理院は、国道45号をはさんですぐ西にある松森山、塩ケ森と名前の付いた山も含めて七つ森の地名としているようだが、町はこの二つの山を含めていない。秋田街道（国道45号）の北側にあり、かつ街道から見える山だけで構成する一帯に限定しているようだ。それは賢治の頭の中にあったイメージと符合する。

賢治は秋田街道を徒歩で雫石まで歩いている。盛岡から向かって雫石の町に入る手前に七つ森はあって、歩くにつれて見えてくる順番に書き出すと、

〈1〉見立森（標高三〇四メートル）
〈2〉三角山（約二九〇メートル）
〈3〉勘十郎森（三一六メートル）

〈4〉鉢森（三四三メートル）
〈5〉稗糠森（約二五〇メートル）
〈6〉石倉森（約二九〇メートル）
〈7〉生森（三四七メートル）

となる。面白いことに、これは北から順番に数えたのと一致する。賢治はこの順番に「梯形」の番号をふったようだ。それがこの詩「第四梯形」から見えてくるのだ。梯形（ていけい）とは、はしご型、あるいは台形の形をした山という意味の言葉だが、同じような高さの、頭の少し丸い山がぽこぽこ並べていることからの連想かもしれない。賢治にすれば、山たちに敬意を表したとでも言えばいいか。七つの森がまるでバリカンで刈られた坊さん頭のように見えたのだ。

この日は日曜日だった。賢治は軽便線で橋場まで出掛けたようだ。盛岡と雫石駅を結ぶ橋場軽便線が開通したのは大正十年（一九二一年）六月のことで、さらに橋場駅まで延長開業したのは翌大正十一年七月である。賢治が小岩井駅より先の橋場駅まで列車に乗るのは初めてだったかもしれない。

七つ森は、秋田街道と橋場線とに挟まれてある。だから、街道を行けば右側（北）に見えてくるのだが、列車に乗っていれば左側（南）に見えることになる。第一梯形から順番に視界に入ってくるのだが、第四梯形の鉢森のあと確認したのは第六梯形だったので賢治は焦った。第五梯形を見落としたのだ。ここに、山並みの配列を解く鍵がある。七つの山並みの中心は第四梯形なのだから山容の最も大きな鉢森ということになる。小岩井駅を過ぎてしばらくすると、線路の南側には別の山並みがあって七つ森を隠す。鉢森は大きな山なので見え続けているけれども、その南に位置する稗糠森は標高も低く橋場線の方からはほかの山が邪魔になって見えにくい。だから西側にある石倉森の方を視認してしまうことになる。そう考えると、第五梯形は稗糠森、第六梯形は石倉森でなければならなくなる。これは、秋田街道を歩いて出会う山の順番と合っている。第七梯形となる生森は、西の外れにある独立したピークを備えているので親分格でもある。

七つ森の愛らしい風景を賢治は言葉として描き出した。数百年も経ったなら、当時は実際こういうことがあったのだなあと人々に思われるのかもしれない。

この詩には「さんかく」と読む三角山が出てくるけれども、七つ森の中の三角山（みかどやま）のことではなく、もっとずっと西北にある千沼ケ原をせきとめている三角山（一四一八メートル）のことという。現在ではスキー場のある高倉山（一四〇八）に目が行きがちだが、そこと丸森（一三二九）との間に見える山のことだ。

地図をみると、七つ森の方の三角山にはピークが三つあるようにも見える。名前の由来はそこから来たのかもしれない。現在の七つ森小学校の背後の山である。いずれにしろ、賢治は名前を知らなかっただろう。

冒頭書き出しの「青い抱擁衝動」は初めての表現だ。これまでは「恋」としか名付けることができなかった内部の暗い衝動に対して、初めて明確な名前を与えたことになる。表現としてずっとやわらかで具体的だ。喩えて言えば、いつも不意に頭をもたげる衝動に対して、これまでは力尽くで押さえ込もうとしてきたが、鉾先をそらしたような対処法を身に着けたとでもいうようだ。生きるということへの嫌悪と、どうにもならない悲しみだけを感じとる賢治ではなくなった気がする。詩を書き始めてからこれまでの、これは本当に大きな二年間であると言っていいのではないか。

「屈折率」で七つ森を自分の夢であるようにして紹介した二年前の賢治のことを思う。賢治にとって七つ森は宝石のように美しく、けなげで、愛らしい存在としてここにある。それは賢治の成長を示すものだろう。

　青い抱擁衝動や
　明るい雨の中のみたされない唇が
　きれいにそらに溶けてゆく
　日本の九月の気圏です

という四行が、なんとも賢治らしいと思えてくる。「屈折率」や「恋と病熱」などと比べてみると、賢治の詩の技量が各段と高まっていることに気がつく。

過去情炎

截られた根から青じろい樹液がにじみ
あたらしい腐植のにほひを嗅ぎながら
きらびやかな雨あがりの中にはたらけば
わたくしは移住の清教徒（ピユリタン）です
雲はぐらぐらゆれて馳けるし
梨の葉にはいちいち精巧な葉脈があつて
短果枝には雫がレンズになり
そらや木やすべての景象ををさめてゐる
わたくしがここを環に掘つてしまふあひだ
その雫が落ちないことをねがふ
なぜならいまこのちいさなアカシヤをとつたあとで
わたくしは鄭重（ていちよう）にかがんでそれに唇をあてる
えりおりのシヤツやぼろぼろの上着をきて
企らむやうに肩をはりながら
そつちをぬすみみてゐれば

ひじやうな悪漢（わるもの）にもみえやうが
わたくしはゆるされるとおもふ
なにもかもみんなたよりなく
これらげんしやうのせかいのなかで
そのたよりない性（せい）質が
こんなきれいな露になつたり
いぢけたちいさなまゆみの木を
紅（べに）からやさしい月光いろまで
豪奢な織物に染めたりする
そんならもうアカシヤの木もほりとられたし
いまはまんぞくしてたうぐわをおき
わたくしは待つてゐたこひびとにあふやうに
応揚（おうやう）にわらつてその木のしたへゆくのだけれども
それはひとつの情炎（じやうえん）だ
もう水いろの過去になつてゐる

（一九二三、一〇、一五）

わたしはまるで、原野に開拓移住する清教徒（ピュリタン）のようだと賢治は言っている。唐鍬で伐採したアカシヤの根からにじむ樹液に唇をつけて、祝福と感謝の祈りを捧げるというのだ。その口づけは「待つてゐたこひびとにあふやうに」行われる。賢治はそれをひとつの情炎だと言う。農作業を一つ終えると、うるわしき恋人に会うような気持ちになれるというのだ。

清教徒に対する共感が伝わる。宗教者斎藤宗次郎と出会い、キリスト教に対する見方が変わったのだろう。賢治は宗教改革の意味も理解している。ピュリタンという言葉を用いて神聖なる人の象徴として扱っている。

賢治が信仰している法華経は他を一切認めない仏教の宗派の中では厳格なものだが、賢治のキリスト教に対して見せる共感は特別だ。死ぬまで法華経の信仰を失わなかった賢治だが、聖書の教えに強く心打たれるものがあったのだろう。それは後年の「銀河鉄道の夜」にもつながっている。

■青いシャツを着た農民の誕生

『春と修羅』第一集も終わりに近づいた。最後の「冬と銀河ステーション」の二つ前に「鎔岩流」がある。この詩こそ、新しい賢治の誕生を告げるものである。農学校に勤務して二年。農家の子弟と肌を付き合わせて過ごしたことで農家や農業の実状を知った。そして賢治は農民として目覚めた。

文学的には、それは損失であったかもしれない。第二集や第三集を読めばそういう気になる。農民として生きようとすることは、その後の作品に明らかな変質をもたらしている。しかし、そこからやってくる挫折と絶望感がなければ、「雨ニモマケズ手帳」はなかっただろうと思う。また、文語詩への移行もなかっただろう。その意味で、第二集と第三集は賢治の歩みを理解するうえでとても大きい。だが、残念ながら全部を注釈するだけの時間がない。

まあ、まずは「鎔岩流」を第一集の最後の作品として読みたいと思う。

鎔岩流

喪神のしろいかがみが
薬師火口のいただきにかかり
日かげになつた火山礫堆（れきたい）の中腹から
畏るべくかなしむべき砕塊熔岩（ブロツクレーバ）の黒
わたくしはさつきの柏や松の野原をよぎるときから
なにかあかるい曠原風の情調を

ばらばらにするやうなひどいけしきが
展かれるとはおもつてゐた
けれどもここは空気も深い淵になつてゐて
ごく強力な鬼神たちの棲みかだ
一ぴきの鳥さへも見えない
（中略）
とにかくわたくしは荷物をおろし
灰いろの苔に靴やからだを埋め
一つの赤い苹果（りんご）をたべる
うるうるしながら苹果に噛みつけば
雪を［越］えてきたつめたい風はみねから吹き
野はらの白樺の葉は紅（べに）や金（キン）やせはしくゆすれ
北上山地はほのかな幾層の青い縞をつくる
（あれがぼくのしやつだ
青いリンネルの農民シヤツだ）
（一九二三、一〇、二八）

賢治は焼走り溶岩流の中に立っている。岩手山の腹から吹き出した真っ黒いごつごつした見渡す限りの塊の中で、長い時間の蓄積と、形を変えていく現実世界の理（ことわり）を感じて感動している。この感動を追体験したいと思わない人がいるだろうか。秋の終わりの近い北風の通り過ぎる山腹にただ一人で長い長い時間の経過を感じとる経験である。

詩は「喪神のしろいかがみ」というフレーズから始まっている。歌稿A「大正五年三月より」に「つぶらなる白き夕日は喪神のかゞみとなりてわが額を射る」（276異歌）という歌がある。二十歳のころに歌ったものだ。太陽もある時期から賢治にとっては「喪神のかがみ」になったようだ。それは賢治の心の中を射抜くのである。詩「鎔岩流」では、西に傾く太陽のことを指している。

喪神という言葉は「春と修羅」の中でも「喪神の森の梢から」というフレーズに使われるなど賢治にとって大事な言葉であるらしい。あのときの賢治は自分の願いと心の現実との「二重の風景」から、失意のカラスとして飛び回らねばならない自分を歌った。

しかし、この詩では少し意味合いが異なるようだ。真っ黒な溶岩流のまっただ中にただ一人立った賢治は、喪神を自然という時間の流れの心として仮定している。謙虚に自然と向き合っている。それは二十七歳になった賢治の成長を語るものだろうか。

この日も日曜日だった。直前に置かれた「一本木野」と同じ日付であることをみると、賢治は列車で滝沢駅まで来て、そこから徒歩で柳澤を目指し、一本木の原野を横断して焼走り溶岩流までやってきたらしい。ここが徒歩行の北の終着点のようだ。

ここから平地をはさんで真東に横たわる北上山地がよく見える。それはたくさんの青い山並みをなしている。「あれがぼくのしやつだ／青いリンネルの農民シヤツだ」と叫ぶ賢治。賢治はこのとき、自分が一人の農民になることを決意したのかもしれない。この詩は涙なくしては読めない。

『春と修羅』はこのあと第三集まであるが、詩の内容は驚くほどに変化する。第一集は自然との共感と交響といえばいいだろうか。第二集は農民への祈りのモチーフが前面に現れてくる。第三集は農学校の教師を辞めて羅須地人協会を立ちあげて以降の創作になるのだが、苦闘と挫折の物語である。文学的な難解さは詩作品からは次第に薄れていく。同時に文芸としての表現を極めようとする意図からも心が離れていくかのようだ。後年の文語詩へ創作方法を移行する理由はそんなところにあるのかもしれないと思う。

第二章　悲しみの行方

賢治の詩は、変化し続ける。それは心が変化しているからだ。ものごとに対する見方と考え方が変わっていくのだ。賢治は自身の変化を意に介さない。

■「薤露青」という暗示

「薤露青（かいろせい）」は第二集に収録されている。美しいが悲しみに満ちた詩である。後年書かれることになる童話「銀河鉄道の夜」を語るときに、引き合いに出されることが多い。モチーフや、舞台設営、物語の材料に共通点が多いからだ。けれども、まずは「銀河鉄道の夜」を離れて、純粋な美しい詩として読んでみたい。

妹トシの死をうたった「永訣の朝」「無声慟哭」「オホーツク挽歌」などの作品群からは、怒りや憤りのような激しい感情も伝わってくるのだが、「薤露青」では感情をたかぶらせることなく落ち着いていて、悲しみが深みを増しているようだ。賢治の中で何かが変わっていくという思いにさせられる、そんな作品である。

丁寧に解釈をしようとすると難解でもある。それには理由があるのだろう。その理由とはこの詩のテーマとなっている「悲しみ」に関係があるように思えた。妹を失った悲しみと深く向き合い、長くその中にとどまってきた賢治。いま、賢治はこの詩を通じて悲しみの別の側面に目を向け始めたような気がする。

作品の日付は大正十三年七月十七日。妹トシの死から一年八カ月が経っている。傷心の樺太旅行をしたのは一年前の七月だった。賢治はまだ花巻農学校の教師を続けていて、もうひと月もすれば二十八歳の誕生日を迎える。

薤露青　　　一九二四、七、一七、

みをつくしの列をなつかしくうかべ
薤露青の聖らかな空明のなかを
たえずさびしく湧き鳴りながら
よもすがら南十字へながれる水よ
岸のまっくろなくるみばやしのなかでは
いま膨大なわかちがたい夜の呼吸から

銀の分子が析出される
　……みをつくしの影はうつくしく水にうつり
　　プリオシンコーストに反射して崩れてくる波は
　　　ときどきかすかな燐光をなげる……
橋板や空がいきなりいままた明るくなるのは
この旱天のどこからかくるいなびかりらしい
水よわたくしの胸いつぱいの
やり場所のないかなしさを
はるかなマヂェランの星雲へとゞけてくれ
そこには赤いいさり火がゆらぎ
蝎がうす雲の上を這ふ
　……たえず企画したえずかなしみ
　　たえず窮乏をつゞけながら
　　　どこまでもながれて行くもの……
この星の夜の大河の欄干はもう朽ちた
わたくしはまた西のわづかな薄明の残りや
うすい血紅瑪瑙をのぞみ

しづかな鱗の呼吸をきく
　……なつかしい夢のみをつくし……

声のい、製糸場の工女たちが
わたくしをあざけるやうに歌って行けば
そのなかにはわたくしの亡くなった妹の声が
たしかに二つも入ってゐる
　……あの力いっぱいに
　　細い弱いのどからうたふ女の声だ……
杉ばやしの上がいままた明るくなるのは
そこから月が出ようとしてゐるので
鳥はしきりにさはいでゐる
　……みをつくしらは夢の兵隊……
南からまた電光がひらめけば
さかなはアセチレンの匂をはく
水は銀河の投影のやうに地平線までながれ
灰いろはがねのそらの環

……あゝ　いとしくおもふものが
　そのまゝどこへ行ってしまったかわからないことが
　なんといふいゝことだらう［……］
かなしさは空明から降り
黒い鳥の鋭く過ぎるころ
秋の鮎のさびの模様が
そらに白く数条わたる

まず先にこの詩をどう読んだかを示そう。

【読み】北上川に、みをつくし（航路標識）の列が懐かしく浮かんでいる。いまは薄明の時間帯で、薤露（かいろ）のようにわずかな時間で青い風景は消えてしまう。それは清らかな空の明かりだ。わたくしの中に寂しさが次々と湧き出すように音を立て、夜を通して地平線の下にある南十字星へ向かって流れていく水よ。岸の真っ黒なクルミ林の中ではどこからが夜によってもたらされる闇なのか判別不能なまでに夜の気配深まっていて、そこから空を白く染めようと銀の粒子が吐き出されていることが分かる。

みをつくしの影は美しく水に映っている。ここはプリオシンコースト（鮮新世の渚）だ。ぶつかって跳ね返ってくる波がときどきかすかに光る。

橋の底板や空がいきなり明るくなった。日照り続きの旱天のどこかから稲光がしているようだ。水よ、どうかわたくしの胸いっぱいのやり場のない悲しさを、はるかなマゼランの星雲へ届けてほしい。下流には赤い漁り火が揺らいでいるし、空にはさそり座が薄い雲の上を這っている。絶えずいろいろなことを企て、悲しみ、窮乏を続けながら、どこまでも流れていく者。それはわたくしである。

星がまたたき出し、夜の大河である北上川のこの橋の欄干も闇に沈んでしまった。西の山際に残るわずかな青い薄明の残りや、血紅瑪瑙（けっこうめのう）と呼びたいさそり座アンタレスの薄い輝きを見る。夜の川にひそんでいる魚たちの静かな呼吸が聞こえる気がする。

みをつくしは懐かしい夢だ。同じようにこの川を流れるみをつくしを眺めた四年前のあのころ、わたしは上京して事業を興したいという夢を持っていた。そのころは妹も元気だったのだ。

対岸の製糸場から仕事を終えた工女たちが橋を渡ってくる。きょうも橋の上から川を眺めているわたしのことをあざけるように、歌いながらわきを通り過ぎていく。その中には確かに妹の声が二つも入っていると感じる。力いっぱいに細い弱いのどから出てくるソプラノの高音だ。

左後ろのほうの杉林が明るくなった。月が出ようとしている。鳥たちはしきりに騒いでいる。

みをつくしたちは夢の兵隊だ。懐かしい記憶へと誘う。

南からまた雷光がひらめいた。魚はアセチレンの匂いを吐き、水は銀河を投影するように地平線まで流れる。空は灰色の鋼（はがね）のような色をして地平をぐるりと輪環のように取り巻いている。

ああ、いとしく思う者が、そのままどこへ行ったのか分からないことがなんというい いことなのか。

悲しさは青い空の明るさからやってくる。黒い鳥が鋭く通り過ぎるころ、秋のアユのさびのような模様が、空に白くいくつかの線となってかかる。この空は、わたくしの寂しさを知っている。

「薤露（かいろ）」という言葉は、命のはかなさを示す言葉で、挽歌（人の死を悲しむ歌）の意味もある（日本国語大辞典）。薤はラッキョウのことでその葉の上の露はすぐ落ちてしまうことが原義という。

読んでいてこの詩には謎が三つあると思った。〈1〉場所〈2〉みをつくし〈3〉最終連手前の字下げ部分フレーズ——だ。そこをどう読み説いたのかを示す。

まず〈1〉場所だ。「プリオシンコースト（鮮新世の渚）」という賢治命名の地名が詩の中に出てくるので、初めはイギリス海岸の岸辺だろうと考えたが、製糸場の位置を勘違いしていたことに気づいた。明治の岩手県では生糸の生産は重要な産業振興策になっていて、稗貫農学校自体が蚕業講習所を前身として作られたものだ。花巻地方にも矢沢村（現花巻市）に大正八年、県の助成を受けて大規模な製糸場が作られた。三愛社という名前のこの工場が、北上川に架かる朝日橋を渡ってすぐの矢沢村高木（当時）にあったことを知った。女工哀史で早朝から深夜まで日曜もなく過酷な労働を強いられたように思われているが、県の報告書によれば、三愛社の勤務時間は夜六時までだったようだ。それなら、寮に閉じ込められなくても自宅から通える。あるいは寮が花巻の町場にあったことも考えられる。薄暗くなった道をみんなで肩寄せながら朝日橋を渡ることになれば、街灯などない暗い道だから心細いだろう。歌を歌うのは当然だ。

インターネットの花巻商工会議所が開設している「賢治・星めぐりの街」（http://www.harnamukiya.com/guidebook/page11.html）を見れば、当時の朝日橋の写真を見ることができる。往時は西から流れてくる瀬川と北上川との合流点が朝日橋より下流に位置していて、瀬川橋と朝日橋と二つの橋が連結するようにまっすぐ花巻の町と対岸とを結んでいる。

そういうことなら賢治がイギリス海岸にいるわけがない。岸辺に座り込む必要もない。工女から「きょうもまたいるね」とあざけられようとも、朝日橋の上から北上川をいつも眺めていたのだ。賢治はむしろ工女と出会えることを期待していたのかもしれない。亡くなった妹の声を聞くことができるからだ。そうであればすべてが符合する。

■みをつくしが示す謎

〈2〉みをつくしである。航路標識ということだが、「みをつくし」という言葉はとても大きな意味を持っている気がする。重要な役割を持たせられているのだ。果たして北上川の朝日橋下流にそういうものがあったのかどうか。北上川に本当に浮いていたのだろうか。

江戸時代から北上川にも舟運があった。盛岡城下から河口の石巻まで米など物資を輸送するためである。明治になっても北上回漕会社（ほくじょうかいそうがいしゃ）が民間の出資で作られて舟運を担ったが、明治二十三年に東北本線が盛岡まで開通してからは衰退、廃業に至っている。もしかすると杭を打つなどして航路を示していただろうか。

賢治が北上川の夜を題材に作った歌があった。みをつくしも登場する。歌稿「大正八年八月より」の中にある。賢治二十四歳のころだ。

北上川第一夜

錫の夜を
そらぞらしくもながれたる
北上川のみをつくしかな　（歌稿B717）

錫の夜の
北上川にあたふたと
燃えて下りくる
いざり火のあり　（同720―721a）

北上川
そらぞらしくもながれ行くを
みをつくしらは
夢の兵隊。　（同721）

これらの歌が詩の下敷きになっているのは明らかだろう。ここではみをつくしたちが流れ下っている。つまり、本当の意味での航路標識ではない。というよりも、みをつくしは北上川の流れそのもの、南へ流れ下る水そのものを示す働きをしている。間には「いざり火（漁り火）」という言葉もある。夜の川では漁り火をかがして投網漁が行われていたのだろう。そのかがり火が賢治の目にみをつくしと映ったのかもしれない。

朝日橋の下流では、近くの寺が盆の終わりに灯ろうを流す風習があり、現在も続いている。賢治がこの流し灯ろうを見ながら、みをつくしをイメージした可能性もあると思う。いずれにしても、賢治が歌っているみをつくしは固定された航路の標識ではないことが分かる。

一九二四年七月十七日の花巻の日没は午後七時ごろだった。この時間では天の川は見えない。風景は青い清らかな明かるさの空の下にある。「絶えず湧き鳴り」するのは賢治の寂しさである。音を立てて次から次と湧き出してくるように大河となって流れていく。

トシは大正八年に日本女子大を卒業して花巻に戻っているから、もしかすると二人は一緒に北上川に架かるこの橋の上から星を眺めたことがあったのかもしれない。そのときの賢治にとっての南とは東京への夢であったに違いない。

■悲しみの鎖

〈3〉最終連手前の字下げフレーズ「あゝ　いとしくおもふものがそのまゝどこへ行ってしまったかわからないことがなんといふいゝことだらう」とはどういう意味だろう。

どこへ行ったか分からないと、どういうことになるのか。思い浮かぶのは、自分がそこへは行けないということだ。行き先が分からないのだから。つまり永遠に二度と会えない。それから、そこがいい場所なのか、悪い場所なのか、幸せな場所なのか、苦しい場所なのかを推測する手立てがないということだ。

それは悲しみを和らげないだろう。喪失感（例えて言えば暗黒の穴であり夜空の「石炭袋」）を埋めるというようには働かないだろう。悲しみは深くなり、そして消えることがない。喪失の傷穴が広がることが「い、こと」だなんて、どうしたら言えるだろう。

賢治がトシの死の翌年に出掛けたサハリン（樺太）への旅はトシを探す旅だった。別の世界に行ったのなら、トシはきっと自分にそこから信号を送ってくるはずだと考え、必死に探し続けた。列車の窓から「お前はいま木星の上にいるのか」と一心に願ったりしたわけだけれど、その通信が届くことはなく、トシの居場所は分からなかった。「いとしくおもふものがどこへ行ってしまったかわからない」とは、探しているのに、教えて欲しいのに、待っているのにという、苦しさの吐露だった。

その樺太旅行から一年。賢治はそれが「い、こと」だと思うようになったわけである。

認めたくない現実を受け入れるには、それまでとは違う心の働きが必要である。例えば失恋の痛手を乗り越えるために、以前より深く相手を愛する、相手の幸せをより強く願うことで耐えようとするような行為、価値観の上位に自らを導くことで乗り越えようと心を働かせる方法がある。賢治の場合、どんな心の働きを経てたどりついたのか。

夏目漱石にアーサー王伝説にちなんだ少女の悲恋を扱った物語「薤露行」（一九〇五）という小説がある。行方の知れぬ騎士ランスロットに恋い焦がれる余り衰弱死するエレーン姫。その遺体を載せた舟の道行きが「薤露行」になっている。賢治の「薤露青」と舞台の道具立てが似通っていることに気づく。同じ水のイメージ（情景）が呼び起こされるのだ。漱石の作品が賢治の頭の中にあったのは確かだろう。賢治はその情景を「青」に例えた。舟の道行きではなく、昼と夜との境目にあるわずかな青い世界の時間に置き換えた。薄明のほんの十分間ほどだけ現れる青い世界のことを薤露青、はかない青の世界と呼んだのである。

「薤露青」の詩を読むとき、賢治の悲しみはまだ深く厚く覆っていると感じる。しかし、賢治が痛手を乗り越えつつあるようにも思える。それらは容易には解きがたい謎の言葉として示されていて、それが新たな物語のテーマにつながったかもしれない。

北上川は北から南に向かって流れるが、花巻のこのあたりではほぼ真南の方向に川は流れていく。夏のころであればちょうど天の川銀河が地球の地平線に没する地点ときれいに重なる。北上川と天の川が一つになって、南の向こうへ落ち込んでいくイメージだ。南十字だけでなくマジェランの星雲もそこにある。童話「銀河鉄道の夜」を連想させる舞台装置でもある。

人は縛り付けられている悲しみの鎖を解かねばならない。そのことを賢治は「銀河鉄道の夜」のジョバンニを通じて語りかけたかったと考える。「薤露青」は、その道程の航路標識になったと思えてならない。悲しみの「みおつくし」だ。

賢治は大正十五年（一九二六年）に花巻農学校を退職し、羅須地人協会を立ち上げる。その苦労の中で体を壊す。すさまじい創作のエネルギーと、病による沈黙。饒舌の中に沈黙が交じっている。

第三章　信仰とは何か、手帳が示すものとは何か

■賢治が目指した「たゞひとすじのみち」

人は、悔恨と蔑みを食べて生きる。

〔聖女のさまして〕という詩は「雨ニモマケズ手帳」に書かれている。この手帳は三十七歳の死の二年ほど前にあたる昭和六年十月から翌年一月ごろにかけて使われていたという。「雨ニモマケズ」などいくつかの詩編と「南無妙法蓮華経」の題目、文字曼陀羅（まんだら）も書き込まれている。死の近いことを自覚し、祈りと信仰心に満ちたものだ。手帳からは昭和六年九月二十一日の日付がある紙片も見つかった。それは父母と弟にあてた遺書だった。賢治は三十五歳である。

〔聖女のさまして〕という詩もその手帳に書き込まれていた。

〔聖女のさましてちかづけるもの〕

聖女のさましてちかづけるもの
たくらみすべてならずとて
いまわが像に釘うつとも
乞ひて弟子の礼とれる
いま名の故に足をもて
われに土をば送るとも
わがとり来しは
たゞひとすじのみちなれや

聖女のふりをして自分に近づいてきた者がいた。たくらみを全部かなえることができないからといってわたくしをうらみ、像にくぎを打ち込んで呪うようなことをしたとしても、それがどうしたというのだ。

わたくしのところにやってきたとき、（わたくしは断ったのだが）自ら懇願して弟子の礼を取ったのだ。

今では偉くなって名をなしたが、そのことゆえに、今度はわたくしの墓に足で土をかけるようなことをする。わたくしを軽蔑し、貶しめようとする。だが、それがどうしたというのだ。わたくしが歩んできたのは、人を幸せにしたいと願ってやってきた、ただ一筋の道ではないか。

そういう意味の詩だと思う。病に伏せっているこの当時、実際にそんなことがあったとは考えにくいが、賢治の孤独感とさみしさが伝わる。ただ、ここに恨みの感情はないのではないか。静かに自分の人生を振り返って、我に過ちはなかったろうかと問いかけている信仰心の篤い一人の人間がいるばかりと思える。それにしても、像に釘打つとか、墓に足で土を送るとか、そういうあからさまな非難を自身が受けるという思いはどこからやってきたのだろう。しかもそれまで最も信頼を置いてきた相手なのだ。

聖女テレジア（テレーズ）の『自叙伝』という本があるそうだ。世界的なセンセーションを巻き起こし大正時代に日本でも広く読まれたという。十六歳で修道院に入り二十四歳で亡くなるまで、神への深い信仰を書きつづっていた日記をまとめたもので、賢治の聖女のイメージとはこのテレジアのことと言われる。

するとこの詩の「聖女」とは、人間的によくできた人という意味ではなく、深い信仰を持った人という意味で、賢治にとって尊敬に値するような人ということになる。だから、「たくらみすべてならず」というのは、例えばその女性が望んでいたのが信仰よりも、実は安定した地位や暮らしのほうであって、それがかなわなかったので私の像に釘を打つほど恨まれたという意味に受け取れる。ここには、性的な誘惑などを想起させる何ものもない。

同様に、名を成したのが「聖女のさま」した人物と同じなのか別人なのかも分からない。

注目すべきは、賢治の心が揺らいだということなのだと思う。死を前にした自分に、親しかった人々が軽蔑や恨みの態度をとってくるということに、衝撃を受けているのだ。賢治は信念の人である。その人が、死を目前にして不当な苦しみにさらされたように見える。この〈聖女のさまして〉という詩のなんと悲しいことだろう。

「わが像」も「(墓に)土」も、生きているうちではなく、死んでしまってから起きることだろう。この詩は自分の死後のことを考えて書かれたものだ。

賢治は「わがとり来しはたゞひとすじのみちなれや」と言う。死を意識し、「遺書」まで書き終えた者として、自分の生きた道のことを「ただひとすじ」と言うからには相当の意味があるのだ。「今このとき、人がどう言おうとかまわない、自分は一筋の道を生きた」と言い残せる人は多くない。端の人間が死者をそうやって褒め称えることとはまったく別のことだ。では、賢治の歩んだ一筋の道とは何だろう。この問いに答えられなければ、賢治理解はあり得ない。

「ひとすじのみち」を信仰の道と考えることはどうだろうか。法華経信仰である。手帳の中をみてみれば、そう考えてもおかしくはなさそうだ。

だが、本当にそうなのか。

〈聖女のさまして〉の詩が書かれたのは十月二十四日だった。二十九ページから三十一ページにわたって書かれ、それから二十ページ後ろの五十一ページから「雨ニモマケズ」の詩が始まる。九日後の十一月三日の日付だ。「ひとすじのみち」と「雨ニモマケズ」とは九日間の距離しかない。

このわずかの間にも賢治は考え続けている。それはひとすじの道の意味だと思う。明らかに、〈聖女のさまして〉から「雨ニモマケズ」までの九日間に、賢治はさらに一歩、前に進んだと感じる。

恨みやそねみ、蔑（さげすみ）みやあざけりは、どう生きようとも避けられないものなのだろうか。間近な死を意識し、死後の自分の像と墓とに対して親しかった人々がとるであろう態度を思わずにはいられないものだろうか。

「雨ニモマケズ」を読みながら、「雨ニモ」には恨みやそねみ、「風ニモ」には蔑みやあざけりの意味が含まれているだろうかと考えてみた。単に丈夫な体が欲しかっただけではないのではないかと思ってみた。しかし、そんなふうに「雨ニモマケズ」を読むことはできない。賢治の本心はそこにはないのだ。

自分が最も心を置いた人たちが、自分の死後に仮に貶めようとしたとして考える。それで自分の生きた価値は変化するだろうかという問いである。人の評価や好悪の感情によって、自分の歩んだ道は変化するだろうかという問いだ。

自分は名声や称賛を目指したのではないということを、賢治はもう一度、明らかにしている。それは死への心構えであるかのように思われる。

そこからデクノボーになりたいという願いが訪れたのだろうか。「ひとすじのみち」こそが、デクノボーに至る道なのかどうか。

そもそも賢治のデクノボーは、本来的な意味ではデクノボーではない。けんかや訴訟を止めたり、母の作業を手伝ってやるのは、とても偉い、人間が出来た人であって、むしろ鑑と呼ばれるだろう。生活力がないというだけだ。とても家長にはなれないということに、ひけめを感じていたか。いや、その役割はとうの昔に弟に任せたのだ。そうだった。ちゃんと読めば分かる。デクノボーになりたいなどと賢治は書いていなかった。そう呼ばれたいというだけだ。つまり、あざ笑われてもいいということだ。

ミンナニデクノボートヨバレ
ホメラレモセズ
クニモサレズ
サウイフモノニ
ワタシハナリタイ

僕は長く、このことを勘違いしていたようだ。ああ、これは〔聖女のさまして〕の冒頭六行そのままではないか。ということは、賢治が「わがとり来し」とうたった「ひとすじのみち」はこのあとに来るのだ。
手帳に続いて書かれていたのは

南無無邉行菩薩
南無上行菩薩
南無多寶如来
南無妙法蓮華経
南無釋迦牟尼仏
南無浄行菩薩
南無安立行菩薩

という文字曼陀羅だった。つまり、そういうことだった?

分かりたいのは「ひとすじのみち」が示す内容である。ひとすじというからには、ある程度早い時期から定めた道があるということだ。それは法華経信仰ということを意味するのか、それとも、個人的な信仰を超えて「世界がぜんたい幸福になる」というような願いの道とでもいうようなものなのかどうかを分かりたい。〔聖女のさまして〕という事件が、賢治の「ひとすじのみち」を揺さぶったのは明らかなことだ。いったい、何が揺らいだのだったか。

■願いは「宇宙意志」だったのか

賢治の宗教観とその願いについて、分かりやすい言葉で伝えようとしている文章があった。「雨ニモマケズ手帳」より三年前ほどになる。賢治は羅須地人協会時代に一人の女性との交際があった。その女性に向けて昭和三年（一九二八年）に書かれたらしい賢治の手紙の下書き稿がある。

そこに「どうしても捨てられない問題はたとへば宇宙意志といふやうなものがあってあらゆる生物をほんたうの幸福に齎したいと考へてゐるものか、それとも世界が偶然盲目的なものかといふ所謂信仰と科学とのいづれかによって行くべきかといふ場合私はどうしても前者だといふのです」と書かれている。

まるで、宇宙は膨張し続けるか、縮小してなくなるかという現代宇宙物理学の議論のようであるが、そこで賢治は「宇宙意志」を選択している。アインシュタインが「神はいる」と信じたように。

賢治は手紙を「すなはち宇宙には実に多くの意識の段階がありその最終のものはあらゆる迷誤をはなれてあらゆる生物を究極の幸福にいたらしめようとしてゐるといふまあ中学生の考へるような点です」と続けている。「ところがそれをどう表現しそれにどう動いていったらい丶かはまだ私にはわかりません」と、自分の抱えている悩みを率直に提示している。

宇宙意志とは信仰のことだろう。宇宙には無数の意思があり、意思には段階があって、その最も最終の意思は生物を究極の幸福にいたらしめると言っている。賢治は、それを表現したいというのだ。そしてどう行動したらいいか分からないと言う。これは法華経のことだろうか。そうなのかもしれないが、そうではないようにも受け止められる。法華経は賢治の信仰であるが、それが「最終段階の宇宙意志」であるとは、賢治は言っていないからだ。

法華経に対する懐疑であるとは思わない。賢治は法華経と、自分が目指す者とを区別しているのではないか。法華経を学んでいるが、宇宙意志には近づけないし、それを表現できないと言っているように思える。

同じころに書かれたらしい「生徒諸君に寄せる」という未完成原稿がある。

そこには

（前略）
新しい時代のダーヴヰンよ
更に東洋風静観のキャレンジャーに載って
銀河系空間の外にも至って
更にも透明に深く正しい地史と
増訂された生物学をわれらに示せ〔断章六〕

今日の歴史や地史の資料からのみ論ずるならば
われらの祖先乃至はわれらに至るまで
すべての信仰や特性はただ誤解から生じたとさへ見え
しかも科学はいまだに暗く
われらに自殺と自棄のみをしか保証せぬ、〔断章八〕

（後略）

とある。

「増訂された生物学をわれらに示せ」という一節のなんと悲壮なこと。「すべての信仰や特性はただ誤解から生じたとさへ見え」「科学はいまだに暗く」「われらに自殺と自棄のみをしか保証せぬ」とは、率直というより、過激とも取れる表現ではないか。賢治は宗教の大切さを伝えようとしたのだろうか。「すべての信仰は誤解から生じた」と見えるかもしれないが、そうではないと、科学は答えを用意していないのだからと、賢治は書こうとしたのか。しかし、その先が展開しない。それは生徒諸君の手にゆだねるしかなかったのか。その先に論を賢治は展開しようとしたのだろう。だができなかった。

こういう絶望的な表明を中学生に送れるはずがない。結局、この一文は完成しなかった。原稿は盛岡中学の校友会雑誌から頼まれたものだったが、代わりに別の原稿を書き送っている。

これは「宇宙意志」をめぐる悩みと深く結びついていると感じる。

ダライ・ラマは「科学は宗教を論駁したものと思っています。かつては科学者も哲学者も、不変の法則や絶対的な真実を打ち立てられるような確固たる土台を見つけなければ、という思いに駆られていたものです。今日では、そんな追求は無駄だとばかりに、だれも手をつけようとしません。その結果、今の世界はこれまでと正反対の方向に進むようになりました。実在するものなど究極的にはひとつもないとされ、現実そのものでさえ、実在を疑われているのです。これでは混乱を招くしかないでしょう」「だが、科学や法律は、道徳的な意味でどう生きるべきかについては答えてくれないのです」(『幸福論』)と書いている。

ダライ・ラマの態度は興味深い。だが、それには宗教観自体も変わらないといけない。

例えば、第三集の最後の方にある「金策」という詩をどう受け止めれば良いか迷う。

金策　一九二七、六、三〇、

青びかりする天弧のはてに
うつくしく町がうかんでゐる
かあいさうな町よ
金持とおもはれ

一文もなく
一文の収入もない
そしてうらまれる
辞職でござる
そこで世間といふものは
中間といふものをゆるさない
なにもかもみんないけない
悪口、反感、
十八や十九でおとなよりも貪欲なこども
なにもかもみんないけない
おれは今日はもう遊ばう
何もかも
みんな忘れてしまつて
ひなたのなかのこどもにならう
甘く熟してぬるんだ風と
なにか小さなモーターの音
この花さいた〔約三字空白〕の樹だ

梢いっぱい蜂がとび
その膠質な影のなかを
月光いろの花瓣がふり
向ふでは町がやっぱり
ひかってそらにうかんでゐる

これまで比喩に隠してきたことを、誰にでも分かる口語ではっきり文章にした。これは現代詩である。このあとに続く「野の師父」や「和風は河谷いっぱいに吹く」〔もうはたらくな〕の詩群を前にすると、三十一歳の賢治の追い込まれた状況が浮かんでくる。もし、利他の心や自己犠牲の精神が信仰から発したものであるとすれば、それは敗北を意味したのではないか。

花巻農学校に職を得てしばらくして、花巻在住の宗教者斎藤宗次郎と親交を深め、キリスト教の教えを受けている。その後の作品に登場するクリスチャンの描き方をみれば共感の多かったことがなんとなく分かる。法華経だけでは解決しないという現実に、賢治は羅須地人協会時代に向き合わねばならなかったということだろう。

宇宙意志の手紙の送り先は、当時、小学校訓導をしていた高瀬露である。洗礼を受けたクリスチャンだったが、賢治と出会って、賢治のようになりたいと、あるいはもっと近づきたいと願った。クリスチャンをやめて、法華経に改宗すると申し出る。賢治を師と仰いで教えを乞うた。そ

んな関係が手紙の下書きからも読み取れる。それは賢治の心の揺れ動くさまを示しているように
も感じられる。何かが問われたのだ。

そうか、羅須地人協会を通じた社会活動の意図はその手紙に明白だ。その意図とは賢治が名付けた「宇宙意志」の実現にほかならない。「農民芸術概論」は「それをどう表現しそれにどう動いていったらい丶かはまだ私にはわかりません」と書いたことの答えの一つなのだろう。賢治は「農民芸術概論」を原稿としては公表しなかった。答えがまだ分からなかったのだ。そういうように高瀬に明かしたように見える。

病気の進行という不幸があった。なにもかもだめにしたのは病気のせいだったと考えていいか。それとも、理念そのものが行き詰まっていたのか。

その地点から、「雨ニモマケズ手帳」の中の「ひとすじのみち」までは三、四年の距離である。羅須地人協会は姿を消したが、盛岡中学生に向かって失ってしまった言葉の先も復活することはなかったのか。よく分からない。その期間の賢治は姿を消してしまったように感じる。

そこにはまぎれもなく断裂がある。大きな敗北と言ってもいいほどのものだ。それが文語定型詩へ向かわせたのだとも思えてくる。『春と修羅』の口語詩では「表現できない」と悟ったということだろう。それは、羅須地人協会時代の終わりとも重なる。

『年譜宮沢賢治伝』によれば、文語詩の制作が始まったのは昭和五年（一九三〇年）だ。賢治は新たな創作の世界に踏み出したのだと思う。

その前後の深い霧の中から突然現れたのが「雨ニモマケズ手帳」だった。〔聖者のさまして〕という、よく意味の分かりにくい詩編だった。そこには「ひとすじのみち」と書かれていたということだ。

賢治が受けた大きな衝撃。それは尾を引いたことが分かる。

「雨ニモマケズ」の文字曼陀羅の書かれたページから十一ページ後に、「土偶坊」と題する劇の幕場構成が書き込まれている。

土偶坊
　ワレワレカウイウモノニナリタイ
第一景　薬トリ（削除線）
　祖父母父ナシ、腹膜
第二景　母病ム、
　ナアニ腹膜ヅモノ
　小便ノ音
　デグノ坊見ナィナ　ウーイ
　妻、…ナァニクソ経ナドヅモノ

…イヤアイテクヤシマヌ
第三景　青年ラ　ワラフ
　　　　土偶ノ坊　石ヲ投ゲラレテ遁ゲル
第四景　老人死セントス
第五景　ヒデリ
第六景　ワラシャドハラヘタガー
第七景　雑誌記者　写真
第八景　恋スル女　アラ幻滅
　　　　　　　　衣
第九景　青年ラ害セントス
第十景　帰依者　帰依ノ女
第十一景　忘レダアダリマダ来ルテ云フテドゴサガ行タナ

この書き込みは、賢治が自身を相対化して見ていることを示す。「妻、…ナァニクソ経ナドヅモノ」という書き込みで自分を卑下してみせているのだ。デクノボーという考えが気に入ったとか、そういうことではない。これと「ひとすじのみち」とどんな関係があるのか。動揺していることは分かるわけだけれど。

こういうものを見ると、中勘助「提婆達多（でーばだった）」を思い出す。「ぬすびと」で登場する「提婆のかめ」である。

◎カノ肺炎ノ
虫ノ息ヲオモヘ
汝ニ恰モ相当ス
ルハタゞカノ状
態ノミ。他ハミナ
過分ノ恩恵
ト知レ。

こう書かれているページもある。虫の息の状態だけが自分には相当だ、それ以外は過分の恩恵なのだという。死の間際にいるのだけが自分にはふさわしいという苛烈な表現である。正岡子規も味わったように苦痛の前に世界など消え失せる。苦痛しかないのだ。賢治は信仰によって自分を耐えようとしている。

わが胸のいたつき

これなべての
人また
生けるものの
苦に
透入するの門なり

「衆生病むゆえに我また病む」という仏陀の言葉を連想させる。賢治を支えているのはそんな言葉なのかもしれない。信仰は深く沈み込むかのようだ。

世界を変えたいという強い思いが晩年近くになって、信仰は個人的なものに近づいているということはないと思う。救済への思いがないとは思えないけれども、まだ賢治は、「ひとすじのみち」を歩み続けている、そんな気がする。賢治の歩んだ道は、「宇宙意志」と名付けたものへのアプローチにほかならないのだという気がする。

自分の胸の病は「すべての人の苦に透入する門だ」という、この痛切な言葉。賢治は世界の苦を背負おうとしている。大乗仏教における利他の精神、自己犠牲の精神である。死に臨んで最後まで自身にできる限りのことをする道を選ぶという意志である。

僕は降参するしかないのかもしれない。「ひとすじのみち」とは「最終段階の宇宙意志」ということではないのかもしれない。ここにあるのは法華経の信仰であるように思える。

終章　賢治の恋「きみにならびて野に立てば」

「ひとすじのみち」を求めてさまようことになった「雨ニモマケズ手帳」には、最後にはっと息を飲むような美しい詩が待っていた。

波打つように訪れる病熱が穏やかになる時間もあったのだろう。この詩はそのとき脳裏によみがえった思いなのだろうと思う。深い悔恨を感じさせるけれども、その悲しいまでの美しさに心を打たれる。この詩が書き残されていなければ、賢治の本心は理解されなかったかもしれない。

きみにならびて野に立てば
風きら〻かに吹ききたり
柏ばやしをとゞろかし
枯れ葉を雪にまろばしぬ

峯の火口にたゞなびき
北面に藍の影置ける

雪のけぶりはひとひらの
火とも雲とも見ゆるなれ

「さびしや風のさなかにも
鳥はその巣を繕はんに
ひとはつれなく瞳（まみ）澄みて
山のみ見る」ときみは云ふ

あゝさにあらずかの青く
かゞやきわたす天にして
まこと恋するひとびとの
とはの国をば思へるを

あなたに並び立てば輝くように風が吹いてきて、カシワの林をとどろかし、その枯れ葉を雪の上に転ばしていく。野原が二人の姿を喜んでいるのだ。

峰の火口になびいて北斜面に藍色の影を落としているのは雪けむりだが、それがひとひらの火であるとも、雲であるとも見えるようだ。あなたの心はいったいどちらなのだろう。

女性は賢治に語る。「さびしいことですね。鳥は強い風の最中でも愛の巣を作るのに、あなたは山だけを見て私を見ようとしない」。

ああ、そうではないのです。あの青く輝きわたるという天上で誠の恋をする人たちが暮らす永遠の国のことを思っているのです。ああ、どうしてわたしはそうあなたに言えないのでしょう——という内容の詩である。

この詩は手帳の見開き二ページに鉛筆で書き込まれていた。だが、「さびしや」で始まるその三連目には、赤鉛筆で大きな×印が引かれてあった。

賢治はなぜ三連目に×印を書き込んだのだろう。嘘が交じっていると思ったのだろうか。それとも他人には見せないようにしようということなのか。

手帳の最後にこんなドラマが隠されていたのだ。賢治に思いを寄せていた女性と言えば高瀬露が真っ先に思い浮かぶ。高瀬とは心の交流があったことは明らかだ。これは高瀬のことなのか。賢治は高瀬に本当は思いを寄せていたということか。拒絶というのは実はポーズだったということなのか。なぜ、ここで真実を打ち明けるのか。

このことは賢治の中にずっととどまっていた大切な秘密であることは明らかだろう。言葉遣いをみても宝石のような思いであることが分かる。つらい病と闘っていたこの時期に、こういう出来事があったとは考えにくいからだ。これは回想の詩なのではないか。だとすると、なぜ、このときに浮き上がってきたのだろう。たとえ回想であったとしても、実際にこんな光景が過去にあったのかどうか。だが、この詩は、賢治が思いを寄せた一人の女性がいたことを示している。。

この詩はこのあと原稿用紙に文語詩として正式に書き換えられ、「文語詩稿五十篇」の中に入れられている。そのときにはこんな形になっていた。

〔きみにならびて野にたてば〕

きみにならびて野にたてば、　風きららかに吹ききたり、
柏ばやしをとゞろかし、　枯葉を雪にまろばしぬ。

げにもひかりの群青や、　山のけむりのこなたにも、
鳥はその巣やつくろはん、　ちぎれの艸をついばみぬ。

ドラマは巧妙に隠された。書き直されたこの詩はこんなふうに読まれるだろう。いかにも光の散乱反射を受けて空は群青色に深みを増し、山のけむりのこちら側でも、鳥たちが愛の巣を作り一緒に楽しそうに草をついばんでいるという、愛の情景が伝わる。「げにも」には、あなたの言う通りという意味が含まれていて、「山のけむり」とはあなたの考える世界という意味だろうと

は分かる。そこから先に踏み込んで読むことは難しい。賢治は単にあなたの言う通りですねと言っているだけだからだ。

しかし、この詩はそもそも手帳に書かれていたものである。その手帳とは一冊全体、全ページが「遺書」であったと言っていい種類のものだ。この詩は〔聖女のさまして〕と「雨ニモマケズ」とセットになっていると考えなくてはいけない。単に回想ではないのだ。もっと重みのある何かだと思う。

「文語詩稿五十篇」には、「先駆稿」とみなされた手帳の書き込みから第三連と第四連がほぼ消えている。賢治には手帳を公開する意思はなかったと思われているから、第三連と第四連は他人には秘しておくつもりだったことが分かる。だが、賢治が読めばこの詩の意味は明らかである。自分が答えぬまま立ち尽くしても、「鳥は巣をつくろい草をはむ」のだ。手帳の書き込みが公表されなければ、文語詩稿の中のこの一編もほかの人間には理解されないだろう。当事者であったその女性であってもそれは無理だろう。

すると、賢治が隠したものは、自分が思いを寄せた女性がいたという事実だろうか。それはおかしい。いくらも恋の歌を詠んでいるのだ。その中の一つだけをなかったことにするというのは意味が通らない。すると、それは賢治の思いやりだろうか。秘して外に明かさぬようにすれば、「そんな過去」があったその女性にも迷惑をかけることがないというような。高瀬はそんな女性だったのか。ほかにそんな女性はいなかったろうか。

賢治は昭和三年（一九二八年）に農業指導の名目で大島（東京都）を訪れている。三十一歳のときだ。そこにいた女性伊藤チエと結婚をするかどうか、決めるための旅だったのだと思う。そのときに書いた詩群が「三原三部」として残っている。その第三部の終わりだ。

三原　第三部　　一九二八、六、一五

（前略）
なぜわたくしは離れて来るその島を
じっと見つめて来なかったでせう
もういま南にあなたの島はすっかり見えず
わづかに伊豆の山山が
その方向を指し示すだけです
たうたうわたくしは
いそがしくあなた方を離れてしまったのです
（中略）
海があんまりかなしいひすゐのいろなのに

そらにやさしい紫いろで
苹果の果肉のやうな雲もうかびます

船にはいま十字のもやうのはいった灯もともり
もううしろには
濃い緑いろの観音崎の上に
しらしら灯をもすあのまっ白な燈台も見え
あなたの上のそらはいちめん
そらはいちめん
かゞやくかゞやく

猩々緋です

賢治が火山島の大島に残した思いが伝わる。

「なぜわたくしは離れて来るその島を／じっと見つめて来なかったでせう」とは後悔なのか。それとも見たりなかったということか。「あなた方」は最後に「あなた」に変わっている。あなたとは、その兄を指しているのか、妹を指しているのか。

このあとにあるエピソードが伝わる。花巻に戻った賢治は友人の藤原嘉藤治に「あぶなかった。

全く神父セルゲイの思いをした。指は切らなかったがね。おれは結婚するとすれば、あの女性だな」と話したという。『年譜宮沢賢治伝』にそう書かれている。それが本当だとすれば嘉藤治にとっても驚きだったろう。どきりとするには十分だ。

「神父セルゲイ」はトルストイの小説で大正二年に日本でも翻訳されている。聖女テレジアの自叙伝と同じく信仰をテーマにしている。トルストイは文学者だから物語は一筋縄ではないが、賢治が思い出したというのは、ドア越しに隣り合った部屋にいて女性の誘惑を受け、セルゲイが欲情を断ち切ろうと自分の指を切り落として耐える場面のことだ。

嘉藤治は親友だから、本心を打ち明けたのかもしれないが、言葉の意味するところはあまりに生々しい。だから、半ば冗談のつもりだったとも考えられる。あるいは嘉藤治を通じて自分の本心が相手に伝わることを期待したのか。

賢治は大島で、相手の女性からはっきりと意思を示されたにもかかわらず、結婚の申し入れをしなかったということだろうか。もじもじして、逃げるように島をあとにしたというのか。この伊藤チエという女性もクリスチャンで頭脳明晰な美人だったらしい。賢治の心が大きく動いたのは疑いようがないようだ。だが、何かが賢治を押し止めた。

島わにあらき潮騒を
うつつの森のなかに聴き
羊歯の葉しげき下蔭に
青き椿の実をとりぬ

南の風のくるほしく
波のいぶきを吹き来れば
百千鳥　すだきわぶる

三原の山に燃ゆる火の
なかばは雲に鎖されぬ

という文語詩稿が未定稿として残されている。三原山の燃える火は半ばは雲に閉ざされていたと言っている。燃える火がどちらの火であったかどうかはともかく、半ば閉ざされていたことは確かだ。推測するならば、その火は相手のほうだっただろう。賢治の心の中に吹く「南の風」は「くるほしく」あったにもかかわらず、賢治の前に、それは閉ざされていたということだろう。相手の女性の思いはともかく、賢治には踏み出せる道ではなかったということを意味する。この舞台設定は〔きみにならびて〕と符合するだろうか。

賢治の「神父セルゲイの思いをした」という言葉に誇張はないのかもしれない。だが、大きな疑問が残るのだ。賢治がこれを美しい夢だと思っていて「雨ニモマケズ手帳」に書き込んだのだとしたら、その動機が分からない。そして、第三連への大きな赤の×印の理由が分からない。

賢治は真っ直ぐ三原山に向かわなかったし、岩手にも真っ直ぐ帰らなかった。六月七日に花巻を出発して十二日に大島に到着。十五日には大島を発ち、花巻に戻ったのは二十四日だった（前述「年譜」による）。仙台や東京で芝居見物などをしていたらしい。最初から結論は出ていたということか。その月の末ごろに書かれたみられる〔澱った光の澱の底〕という作品がある。

〔澱った光の澱の底〕

澱った光の澱の底
夜ひるのあの騒音のなかから
わたくしはいますきとほってうすらつめたく
シトリンの天と浅黄の山と
青々つづく稲の氈

わが岩手県へ帰って来た
こゝではいつも
電燈がみな黄いろなダリヤの花に咲き
雀は泳ぐやうにしてその灯のしたにひるがへるし
麦もざくざく黄いろにみのり
雲がしづかな虹彩をつくって
山脈の上にわたってゐる
これがわたくしのシャツであり
これらがわたくしのたべものである
眠りのたらぬこの二週間
瘠せて青ざめて眼ばかりひかって帰って来たが
さああしたからわたくしは
あの古い麦わらの帽子をかぶり
黄いろな木綿の寛衣をつけて
南は二子の沖積地から
飯豊　太田　湯口　宮の目
湯本と好地　八幡　矢沢とまはって行かう

ぬるんでコロイダルな稲田の水に手をあらひ
しかもつめたい秋の分子をふくんだ風に
稲葉といっしょに夕方の汗を吹かせながら
みんなのところをつぎつぎあしたはまはって行かう

傷心の大きさがうかがえる。二週間の旅は、そのことばかりで頭がいっぱいで眠れぬものだった。「瘠せて青ざめて眼ばかりひかって帰って来た」のだった。「澱った光の澱の底」とは大都会のことではなくて自分のことだ。賢治は、結婚できるかもしれないと思い上がった澱んだ考えの中で、なんとか可能になる方法はないかと澱んだ自己的な思いをめぐらす底にいた。詩「岩手山」と同じだ。岩手山は賢治自身のメタファーなのだ。賢治はここから立ち上がった。だが、いまは愛の行方を追求しなければならない。

■高瀬露という女性

もう一度、手帳の中の詩に戻る。

「きみにならびて」というからには、賢治のほうからその女性に近づいていったということになる。もし賢治のそばに女性が寄ってきて並ぶのであれば、「きみに」ではなく「きみと」になるだろうからだ。女性に対してこんな積極的な賢治は珍しい。

場所を考える。雪と火口のイメージを考えれば、渋民や西根、一本木野などを思い浮かべるのだけれども、それではいかにも遠すぎる。一本木野など列車を使っても滝沢駅から歩いて相当の距離である。野には雪が積もっているのだから女性と一緒に歩くのは難しい。野というのだから耕すというイメージだ。

もしかして借景とでもいうような手を賢治は使ったか。心の動きを表現するのに山の景色を借りてきたのだ。短歌の伝統的な手法でもある。

峯の火口にたゞなびき
北面に藍の影置ける
雪のけぶりはひとひらの
火とも雲とも見ゆるなれ

この第二連は、賢治が相手の心を想像して描き出している。火とは相手の情熱、雲とはまやかし、あるいは思い違いである。どっちなのかが分からなかったということだが、その風景を演出するには煙が必要だ。賢治は噴煙ではなく雪けむりとした。さらに峰の火口を用いた。山頂火口ではない。その火山は峰続きで構成されているということを伝えている。

もう気づくだろうか。賢治は、ここは三原山ではないということを明らかにさせたいのだ。つまり誤解を恐れた。この女性は伊藤チエのことではないと言っているのだ。なぜそういう細工をしなければならなかったかというと、賢治自身に原因がある。あのセルゲイの話が広まっていたからだろう。地元の有名人賢治先生が「セルゲイの思いをした」というのは、茶飲み話の話題としてはけっこうなものだ。「へえ〜、先生らしい。ニヤニヤ、ガハハ」ぐらいのものだろう。

賢治は「嘉藤治のやつめ」と思っただろうが、事実について言われることは気にしない性格みたいなので、言われるに任せていただろう。それがきっかけにトルストイが町の人に読まれるのならもうけものだぐらいのことも思ったかもしれない。だから、賢治はここでは、その誤解を招かないように心を砕く必要があった。伊藤チエではない、もう一人のほうのことなのだと。それがこの第二連の意味である。

「北面に藍の影置ける」とは何か。「藍」は「愛」だ。北を向いた面に愛の影が置かれているという意味だろう。「面」という言葉は対象までの距離の近さを感じさせる。女性と愛ある場所とは近いのではないか。

この時期の賢治は病が重く、床に伏せることがあったようだ。岩手山の間近まで女性と一緒に歩いていけるはずもない。例えばだが、羅須地人協会の周辺ならばどうだろう。女性と連れ立って野に立てることは可能だろう。

だが、疑問はある。賢治はとても高瀬を嫌って、訪ねて来られるのを迷惑がり居留守をつかったという話が伝わる。また、二人のことが噂になって父親からひどく叱られたという話も伝わる。真実かどうかは分からないが、そういう関係でしかなかったら、この詩の主役にはなれそうにない。実は、それがそもそも真実ではないのではないか。賢治は、本心では高瀬を嫌ってはいなかったとしたらどうだろう。

賢治は、高瀬のことを詩の中でたびたび詠っている。不思議な考えを持った女、真実と狡詐の複合体などと表現している。しかし、「嫌な女にまとわりつかれて困った」などとは書いていない。手紙の下書きによる、昭和三年の時点で高瀬は、少なくても三通の「清澄な内容」の手紙を送り、二度にわたる訪問をし、結婚したいという気持ちを表明し、三回にわたって自分の写真を賢治に送っていたことが分かる。これに対して賢治は、写真を送ってきてはいけない、結婚する意思はないとはっきり伝えたようである。

結婚できない理由として挙げているのは「環境即ち肺病、中風、質屋、及び弱さ」だ。相手の側に原因があるのではなく、すべて自分の側に問題があるとしている。

もう一つ思い出す。賢治は高瀬に「宇宙意志」をめぐる宗教観の披れきをしていたことである。高瀬からの問いに対しての答えらしいが、賢治は農学校生にでも教えるような調子でペンを進めている。完全に上から目線と言っていい。それでも、そんな会話を賢治が高瀬と交わしていたというのは驚きではないだろうか。本当に親しい人でなければ打ち明けることができない内容だと思えるからだ。周りの者なら「またいつもの宗教話が始まった」ぐらいでまともに耳を傾けてもらえなかったろう。だが、高瀬は賢治の話に耳を傾けることができた。そういう会話を交わせるだけの知性と教養、信仰心を持った女性ということだ。

手紙からは、賢治の拒絶は揺るぎようがないように見える。しかし、高瀬を嫌いというわけではなさそうなのだ。高瀬の方は賢治を心から敬愛し、その力になりたいと願ったようだ。それは信仰にも似ている。全人格的に賢治を崇めたのだと思える。そういうことであれば、高瀬は賢治に「私が働いて得た給料であなたを支えます」と申し出ることまでしたのではないか。クリスチャンであることもやめる、あなたの導きに従うと、そんな高瀬の姿を想像させるに十分だ。

〔残丘（モナドノツク）の雪の上に〕

残丘（モナドノツク）の雪の上に、二すじうかぶ雲ありて、
誰かは知らねサラアなる、女（ひと）のおもひをうつしたる。

信をだになほ装へる、よりよき生へのこのねがひを、
なにとてきみはさとり得ぬと、しばしうらみて消えにけり。

この文語詩に歌われている「サラアなる女」が高瀬のことだろう。雪の解け残る丘の上に二筋の雲が浮かんでいる。それは誰かは知らないけれどもサラア（給料生活者）なる女の思いを映している。「二すじの雲」とは、あなたとわたくし。つまり二人のことだ。一緒になりたいという女の思いを映し込んだものだ。「雲」はすでに高瀬のメタファーとして使われている。すると残丘にも別の意味が込められているのだろう。そうだ、羅須地人協会のことだ。賢治の取り組みが残丘に朽ち果ててしまったときには、というのだ。そのときが来たら、あなたと結婚をしましょうというのではないか。

女は信仰すらもいまだにあると装っていると賢治は痛烈だ。しかし、よりよく生きたいという願いをなぜあなたは分かってくれないのかと、しばらくの間うらんだあと消えていったとしている。これは〔きみにならびて野にたてば〕の第三連とまったく同じである。賢治の目標を実現するためなら、自分を犠牲にしてもいいと、おそらく露は口にしただろう。

賢治は高瀬という女性に面食らったに違いない。高瀬への不審を沸き起こしたのだ。「信をだになほ装へる」という賢治の見解は、正当な評価だろうか。正当な見方ではないのか。いや、賢治は分かっている。女が本当に信仰に入ったとは言えないだろうが、そこには真実の心があると分かっているのだ。だから不思議な考えなのである。信仰ではなく、愛によって、賢治を慕ってくれていることがである。恋は欲情か？　いや、高瀬の恋は愛情というものであると賢治の心は自身に告げている。おお、なんということだ。

ここに表れているのは賢治の迷いなのではない。むしろ希望とか期待と言うべきもののように思える。「宇宙意志」について書き交わした人の思いが深く残ったのだ。

〔あの雲がアットラクテヴだといふのかね〕

一九二七、四、五、

（前略）
あたたかくくらくおもいもの
ぬるんだ水空気懸垂体
それこそほとんど恋愛自身なのである
なぜなら恋の八十パーセントは
H_2Oでなりたって
のこりは酸素と炭酸瓦斯との交流なのだ、

羅須地人協会時代に書いた詩だ。出会ってさほど経っていないころだろう。「アットラクテヴな雲」とはまぎれもなく高瀬のことである。賢治の軽やかさは有頂天ぶりを伝えていると言えないだろうか。空気も人間も同じく物質とみなす合理的な精神がある。ここには死後の世界などというものは存在しない。信仰は揺らぐことなくあるのだろう。だが、高瀬と出会って、賢治の外側を覆っていた何かが解け出したのかとも思えてくる。

Romanze〔r〕o 開墾

落ちしのばらの芽はひかり
樹液はしづかにかはたれぬ

あゝこの夕つゝましく
きみと祈らばよからんを

きみきたらずばわが成さん
この園つひにむなしけん

西天黄ばみにごれるに
雲の黒闇の見もあへず

この詩はどうだろう。文語詩未定稿に分類されている。元になっているのは「冬のスケッチ」の中の詩だけれども、原稿用紙の書き込みなどから、書かれたのは賢治が三十代半ば以降のことと推定される。賢治が文語詩を書き始めたのは昭和五年（一九三〇年）からと言われているから、それ以降のものだろう。刈り払った野バラの枝は落ちて、その芽が光り、枝から流れ出した樹液がゆっくりと乾いていく。いかにもうらめしげだ。この夕べをあなたと一緒に祈ることができればいいのだが、あなたが来ないのであれば、この園はついにむなしく完成することはない。

このとき、高瀬は花巻の西の湯口にある稗貫郡立宝閑小学校の訓導をしていた。その、あなたのいる西の空は黄ばんでにごっていてわたしにはよく見えない。雲の暗闇さえもしかとは見えないほどだ。あなたの気持ちが分からないのだ。というぐらいの意味か。

結局、二人の結婚はならなかった。高瀬は賢治との出会いから五年後の昭和七年（一九三二年）四月に、遠野市の神主と結婚した。高瀬三十歳のときだ。この時期に注目する。「雨ニモマケズ手帳」が書かれたのは昭和六年十月から翌年はじめにかけてとみられている。高瀬の結婚話がまとまった時期と重なる。

ああ、高瀬露という存在は、「雨ニモマケズ手帳」と深いかかわりがあるように思えてならない。二人の間に、ほかに知られていない、何かの大きなドラマがあったのではないか。秘めた物語があったのではないか。

〔このみちの醸すがごとく〕（下書稿㈠）

南なる黒野の上に
蝎の座おほらかに這ひ
きみが居るうしろの峯も
いま西の山なみのなか

まことなる誓ひをなして
重きせめ負ふわれなれば
ひとづまとなるらんきみを
おもはんはは《や》道ならず

このみちのほのにあかるく
すゝきいまうちひらめくは
東なる山地の上に
銅いろの月ぞ出でたる

をちこちの家のむねより
青じろくけぶりたてるは
ひとびとの野良をかへりて
いまをかも飯かしぐらし

すゝきみな露をうち吐き
なきいづる虫の音もあり

これは文語詩未定稿〔このみちの醸すがごとく〕の先駆形（下書き稿より前のもの）とされるものだ。

高瀬は結婚のために昭和七年三月に遠野の上郷小学校に転勤するが、それまでは花巻の湯口にある宝閑小学校で訓導をしていた。その学校の南には笹間地域など有数の穀倉地帯が広がる。黒野である。花巻温泉もほど近い宝閑小学校のうしろはすぐそばまで奥羽山脈の山々がせり出している。それは賢治の西に位置する山並みだ。

「まことなる誓ひをなして／重きせめ負ふわれなれば」とある。どういう意味だろう。賢治は女性と「まことなる誓ひ」をしたのだ。結婚する約束を交わしたということしか考えられない。

その結果「重きせめ」を負ったと言っている。女と男との間の思い責め、責任とは何かと想像する。賢治は約束を裏切ったということか、それとも別の何かなのか。

ひとづまとなるらんきみを
おもはんははや道ならず

人妻となることが決まったあなたに、この期に及んで心を寄せることはもはや人の道とは言えませんねと言う。実に具体的だが、これはどういう心情を示すことになるのだろう。「わたくしはあなたのことを思っていました」という謝罪なのか。「あなたを引き留められなくて失敗した」という後悔の念の表明なのか。

このみちのほのにあかるく
すゝきいまうちひらめくは
東なる山地の上に
銅いろの月ぞ出でたる

あなたが進む道は、ほのかに明るいですよ。ススキが揺れながらひらめいているのは、東の北上山地の上に月が出たからです。あなたを祝福するように。そんな意味になる。

をちこちの家のむねより
青じろくけぶりたてるは
ひとびとの野良をかへりて
いまをかも飯かしぐらし

あちらこちらの家々から、ご飯を炊いている青白い煙が上がっています。あなたが暮らしていこうとする土地には家族のむつまじい姿があるのです。

すゝきみな露をうち吐き
なきいづる虫の音もあり

ああ、ご覧なさい。ススキがみんな露を抱いています。わたしの露さんです。鳴き始めた虫の声がしますねえ。ああ、ばかなわたくしも涙を流しています。そんな意味だ。

「露」の名前を意図的に取り入れている。ススキは賢治のことである。野原の枯れススキというわけだ。夕方になって気温が下がり、ススキには露が落ちる。泣いている声が聞こえているねえと、呼びかけている。

賢治と高瀬との付き合いは五年ほどになるのだろうか。賢治は約束をした。だがそれを守らなかった。高瀬は賢治からの申し出を待っていた。高瀬は大きな裏切りを受けた。賢治は、申し訳なかったことをしたと謝っている。そして後悔をしている。大きなものを自分は失ったと感じている。

この下書き稿は「未定稿」になったときにはこんな形に変わっていた。

〔このみちの醸すがごとく〕

このみちの醸すがごとく
栗葉などひかりいでしは
ひがしなる山彙の上に
黄なる月いざよへるなり

夏の草山とになひて
やうやくに人ら帰るを
なにをかもわがかなしまん

すゝきの葉露をおとせり

「露」の名前はどうしても残したかったのだろう。「葉露」の言葉として忍ばせた。「なにをかもわがかなしまん」と、露本人に伝わるように仕上げている。しかし、この詩から他人が、賢治と高瀬との秘めた関係を想像することは無理だろう。

賢治には下書きを公表するつもりはまったくない。「雨ニモマケズ手帳」も公表されるなどとは、それこそ露にも思わなかったはずだ。しかし、約束があったことはもはや間違いない。その賢治と露との約束を誰かが知っていたのか。誰も知らなかった。知らされていなかった。それはなぜか。

これらが本当だと仮定すると、手帳の中の前の一編〔聖女のさまして〕という詩の意味も大きく変容すると思う。二人の間には何があったのか。

■賢治と高瀬露との愛

文学とは個人の想像の産物だ。躊躇する必要などないだろう。心の声に従うだけだ。

二人の経過はいたってシンプルだったと思う。賢治を聖人のように思い詰めてあこがれた一人の女性がいた。それがうわさになる。賢治は打ち消したかった。目の見えなくなっている女性に対して、手段は一つだけだ。賢治は条件を出したのだと思う。例えば、「私の環境が整うまで待ってほしい。状況が整えばあなたと結婚する」とでもいうようなものである。女性はこの言葉を信じた。安心した女性は賢治の言葉に従い、羅須地人協会に通うことをやめた。それが二人の間だけでの口約束ではなく、家と家どうしの約束であればもっと好ましい。ただし、実現するまでは厳密に伏せるという条件である。賢治が父にひどく叱られたというのは、実はこのことなのではないか。世間には秘めた結婚の約束話。「実は事情がありまして…」

父は賢治の意向を尊重した。もしかすると、このことを知っていたのは父母ぐらいだったのかもしれない。ああ、こんな空想は気分を害するだろうか。

しかし賢治は、その一、二カ月後には結核を発症する。病状は一進一退を繰り返しながら悪化の一途をたどった。それでも賢治は会う努力をしたらしい。例えば「女訓導」というそのものずばりの文語詩などもあるからだ。

女性の側は賢治の病気もあって近づけなかった。何より約束がある。女性は小学校の教師でクリスチャン、歌も読めば、教養もある明るい美人である。縁談はずいぶんと飛び込んできただろう。時は経つ。やがて、三十歳が近づき強い焦りも出始めた。そんなとき、飛び込んできたのが遠野市で神主をする男との縁談だった。女性はこれが結婚する最後の機会だと思った。（と、想像してみる）

昭和五年十月の半ば過ぎ、意を決して女性は病床の賢治を見舞う。「結婚の話が舞い込んでいるがどうしましょう」と伺いを立てるつもりだった。ところが、その時賢治はほとんど死の間際にいるような状態だった。女性はショックを受ける。愛する人が死のうとしていると錯覚した。来意の目的も話さずに辞した。そしてその悲しみを友人や母に訴えた。「結婚すると約束した賢治先生が死にそうだ」とでも。その話はまたたく間に広まったのだろう。そんなに賢治は衰弱をしているのかと。一方で、結婚の約束という話は「高瀬露の作り話」として尾ひれがついた。（のだと思う）

〔最も親しき友らにさへこれを秘して〕

最も親しき友らにさへこれを秘して
ふたゝびひとりわがあえぎ悩めるに
不純の想を包みて病を問ふと名をかりて
あるべきならぬなが夢の
　（まことにあらぬ夢なれや
　われに属する財はなく
　わが身は病と戦ひつ
　辛く業をばなしけるを）
あらゆる詐術の成らざりしより

我を呪ひて殺さんとするか
然らば記せよ
女と思ひて今日までは許しても来つれ
今や生くるも死するも
なんぢが曲意非礼を忘れじ
もしなほなれに
一分反省の心あらば
ふたゝびわが名を人に言はず
たゞひたすらにかの大曼荼羅のおん前にして
この野の福祉を祈りつゝ
なべてこの野にたつきせん
名なきをみなのあらんごと
こゝろすなほに生きよかし

文語詩未定稿に詩が残されていた。最も親しい藤原嘉藤治にさえ秘していたのにと言っている。何を？　結婚の約束だろう。「ひとりわがあえぎ悩める」ということは、賢治は露と本当に結婚しようと思っていたのだ。だが、財もなく病と闘いつつ事業を行っていて、とても結婚などできる状況ではない。どうしようかと本気で悩んでいたというのである。

賢治は高瀬の来意を誤解した。病気見舞いを口実に、結婚するという約束を守ってほしいと言いに来たと取ったのだ。

考えてもみれば、女性のほうから「ほかの人と結婚することにしました」などと言えるものか。まず、相手のほうから断ってもらえたなら、「実は」とも言い出せるだろう。お詫びに訪ねるということ自体、たいへん勇気の要ることだ。賢治に結婚の意思のないことぐらい高瀬は分かっていたはずだ。それでも礼を尽くしたかったのである。つらいつらい道のりだったはずだ。そして、ついに高瀬は勇気を出しておずおずと、賢治に「約束のほうはどうでしょうか」とでも切り出したに違いない。これが賢治の逆鱗に触れた。

（まことにあらぬ夢なれや
われに属する財はなく
わが身は病と戦ひつ
辛く業をばなしけるを）

約束をしたのは、お前があらぬ夢をどうしても捨てないからだ。いまのこのオレの現状が分からないか。病と闘い、床に伏せりながら、仕事と信仰の務めを果たしているのだぞ、と賢治は叫ぶ。

女性は言い方を間違えたことを悟って泣きながら家を辞去する。賢治先生を怒らせてしまった。あんなに病みつかれている先生を初めて見た、と。（いや、本当か？　テレビドラマの見過ぎではないか）

病床の賢治の耳に、ほどなくその女性のうわさが入った。約束。結婚するという約束。「賢治先生、あの女はそんな嘘を町中にばらまいています」。何倍もの尾ひれが付いたご注進だっただろう。賢治の本心なんて誰も知らないし、考えてみたことすらなかったろう。賢治はあの女を嫌っていると思っているのだから。賢治の前で、けなすことはあっても女性を褒めることはありえない。

賢治は、その言葉を疑わない。勝手にお前はばらしてしまったのか。面目も何もあったものではない。おれの名前に傷を付けようとしたのか。賢治は怒った。

賢治は逆上している。「今や生くるも死するも／なんぢが曲意非礼を忘れじ」とは、なんとも賢治らしくないのだが、やはり賢治的だと思ってしまう。賢治の中には修羅がいる。正義感ゆえに、自分を守ろうとするのだ。どちらも同じ賢治だと思う。

そうだ、ここから「手帳」に〔聖女のさまして〕の詩が書き込まれたのではないか。十月二十四日のことだ。もう一度、読もう。

〔聖女のさまして〕

聖女のさましてちかづけるもの
たくらみすべてならずとて
いまわが像に釘うつとも
乞ひて弟子の礼とれる
いま名の故に足をもて
われに土をば送るとも
わがとり来しは
たゞひとすじのみちなれや

ああ、だとすれば聖女とは高瀬露のことになる。賢治の受けた衝撃は大きかったのだ。それは裏切りだった。一緒にまことの道を歩みたいと言ったその女性の言葉は嘘だったと、病床の賢治は深い失意を覚えたのだ。やっぱり、あいつは聖女のさまをしてオレをだまそうと近づいてきた魔物だったのだと、賢治は思う。結婚したいという自分のくわだてがついにだめになったから、本性を現した、わら人形に釘を打ち込んで、オレを呪い殺そうとしている。乞いすがるようにして弟子にしてほしいと言ってきたではないか。それがいま、オレの墓に足で土をかけようとオレの死を待っている。

「ああ、それがどうしたというのだ」と言ってみても、心が晴れることなどけっしてない。深い深い心の傷である。「わたしはひとすじのみち」を歩んだと言い聞かせてもなお、迫り来るのは後悔の念だ。

こんなにも、病床の賢治を失意の底に突き落とすことになったのには、別の理由があったに違いないとも思う。賢治は高瀬を愛していたのではないか。それは一縷（る）の希望であったのではないか。その希望が打ち砕かれたと感じて、賢治は大きな喪失感を覚えたのだ。

そう、「雨ニモマケズ」のデクノボーはここから生まれたのだと言わなければならない。賢治は自身の無力さを思い、無能さを思い、無価値さを思った。深い孤独感に襲われた。「ただ一人の友もなく」蹴り落とされた。絶望の底からの叫びだったのだ。

「雨ニモマケズ」の詩から〔きみにならびて〕の詩まで、手帳には六十ページの距離がある。それだけの時間が経過したということだ。

ということは、その事件からしばらくして、今度は高瀬露が結婚するらしいという話が舞い込んできたということではないか。それを聞いて賢治はすべてを悟った。高瀬の来訪の真意である。なぜ突然病状見舞いにやってきたのかを。結婚をすることにしたと知らせに来たのだということを。賢治は自分の姿などを見せたくなかったろうから、言葉も荒く追い返したに違いない。それでも高瀬が自分の病み衰えた姿を目にして驚く様は分かったのだ。もしかすると、それは家どうしの「お知らせ」から知ったのかもしれない。

賢治は理解する。「賢治先生と結婚の約束をしていた」というのは、高瀬の大きな悲しみの表現に違いないと。既に賢治は高瀬の性格を十分に分かっていたはずである。信仰を装うことはあっても、裏切ることはない。賢治の心には再び平安が戻った。人を信じることができたのだろう。それは実にさわやかな光景としてよみがえる。（ああ、本当にそうだろうか）

きみにならびて野に立てば
風きらゝかに吹ききたり
柏ばやしをとゞろかし
枯れ葉を雪にまろばしぬ

峯の火口にたゞなびき
北面に藍の影置ける
雪のけぶりはひとひらの
火とも雲とも見ゆるなれ

「さびしや風のさなかにも
鳥はその巣を繕はんに
ひとはつれなく瞳（まみ）澄みて
山のみ見る」ときみは云ふ

あゝさにあらずかの青く
かゞやきわたす天にして
まことと恋するひとびとの
とはの国をば思へるを

賢治は、手帳にこう書き込んだ。赤鉛筆を手にして、やさしく大きく×印を第三連に書き込んだのは、しばらく経ってからのことだろう。

このフレーズには正しくないと感じるものがあった。いや、高瀬はそのときに、そう言ったに違いない。だが、このときの賢治の心はそうではないと感じている。「重いせめ」を負うのは自分であると分かったはずであるからだ。賢治も高瀬に対して何かをなしていたのだ。

「文語詩稿五十篇」の異稿についてもう一度見直すと「流氷（ザエ）」という詩の説明が目にと

まった。この下書き稿は原稿用紙の表面に書かれていたが、題名を記入すべき個所に「ロマンツェロ＝冬」と書き、それから「約婚者」と書き、それから消してあったという。その下書き稿は高瀬のことを書いたのではないかと思った。

流氷（ザエ）

はんのきの高き梢（うれ）より、　きらゝかに氷華をおとし、
汽車はいまやゝにたゆたひ、　北上のあしたをわたる。
見はるかす段丘の雪、　なめらかに川はうねりて、
天青石（アヅライト）まぎらふ水は、　百千の流氷（ザエ）を載せたり。
あゝきみがまなざしの涯、　うら青く天盤は澄み、
もろともにあらんと云ひし、　そのまちのけぶりは遠き。
南はも大野のはてに、　ひとひらの吹雪わたりつ、
日は白くみなそこに燃え、　うららかに氷はすべる。

冬の早朝、汽車はゆらゆら揺れながら北上川を渡る。汽車とは岩手軽便鉄道である。花巻駅を出て間もなく北上川を渡るのだ。

北上山地の段丘は見渡す限りの雪原である。鉄道と並行する猿ケ石川は滑らかにうねっている。冬の日差しを浴びて、天青石かと見まがうように青い水はたくさんの流氷を浮かべて流れていく。春が近いのだ。（あなたが結婚するという春が）

ああ、あなたが見詰める果ては、初々しい青さで天盤が澄んでいる。「もろともにあらん」とあなたがわたくしに言ったお別れの言葉の、その遠野の町にあなたがあげるであろう暮らしの煙は、わたくしにとっては遠く遠く感じます。

この川が流れいく先の先、南は遠い野ではなく大き野です。そこにはひとひらの吹雪がまるで独りになったわたくしのように吹きわたっています。わたくしの夢はいま、みんなそこに燃えるしかなく、遠野から流れてくる猿ケ石川の流氷はとてもうららかに滑っていきます。

なかなかうまく訳せないが、思いとしてはそんな感じだろうか。高瀬の結婚を知った賢治は、高瀬が三月から住まうという新居の町を見てこようと思い立ったのかもしれない。それは未練というものだ。

この詩の冒頭にある「はんのき」は先駆稿では「かはやなぎ」になっていた。「かはやなぎ」では、流氷が流れてくる川が北上川のことと勘違いされるかもしれない。それで「はんのき」に変えたのだろう。この川は山沿いを流れているのだと明らかにしたかったのだ。猿ケ石川だということを。「うねる」というのなら、宮守より少し先の柏木平の辺りの光景だろうか。「きみがまなざしの涯」にある「そのまちのけぶりは遠き」と言っている。遠野の町は遠かった。あまりに遠くて行き着けなかったという意味が込められている。賢治は柏木平の先、鱒沢あたりで下車をしたということか。

賢治は、流れてくる流氷を見て悟ったのだ。もう手遅れであることを。去っていった女性はもう戻ってくることはないのだ。ああ、賢治の心は揺れ動いていた。連れ戻すことはできないかと考えた。きっとそうだ。そのための汽車行なのだ。自分の心を見詰めるための。

高瀬はまだ湯口の宝閑学校にいた。その学校の南は大きな沃野である。川は流氷を載せて北上川に合流し南へと下っていく。賢治の心はその南を向いている。高瀬に向かって、あなたの目の前には、遠き野ではなく、大き野があるではありませんかと。高瀬を失えば賢治は本当にたった独りになる。ひとひらの吹雪でしかないのだ。わたくしの心があなたの目の前で燃えているのだ見えないでしょうかというのだ。だが、流氷は、うららかに幸せを載せて賢治の目の前を流れていってしまうのだ。

文語詩稿は、賢治が最も大切にしていた作品という。晩年、賢治は妹に「なっても駄目でも、これがあるもや」と、文語詩稿を示したと言われている。最初は、そんな賢治の思いが理解できなかった。あんなに先駆的な『春と修羅』という口語詩群があるのに、なぜ文語詩なのかと思った。けれども賢治の詩を最初の方からたどってみると、賢治が文語詩に込めた思いが分かるような気がしてきた。短歌は感情表現は可能だが論理を展開することは難しい、賢治は、人には見えていない世界があることを教えたかったから口語自由詩に移行した。それは宇宙意志の表現手段でもあった。ところが、その『春と修羅』の世界が変質を来す。観察者であり記録者でもある賢治の心象機関（装置）が変質を来したのだ。第三集などはまるで、賢治の言うようにプロレタリアート詩だ。そういうものを書きたいわけではないのだ。

そこで賢治は自由詩を捨てて、文語定型詩に活路を見いだす。五音七音あるいは七音五音の音律を持つ文語詩は、その音律が何かを隠す働きをし、また心の感情を高ぶらせるようにも働く。短歌と違って長くもできる。そこで短歌で慣れ親しんだレトリックを持ち込むことで、露骨な言葉にしたくない何かをしまいこむことができることに気づいたのだと思う。

文語詩はまぎれもなく、すべてレトリックで計算された情景描写の上に成り立っている。それは『春と修羅』のような直接的な比喩効果を用いる場合より、この当時の賢治にとっては記録しやすい道具だったのだと思う。

賢治にとって、この文語は特別な意味をもった作品集だと思う。とても大事な、賢治の人生そのものをも思わせるものだ。逆接的だけれども、そういう中に、賢治の恋歌が数多く含まれ、しかもそれが高瀬とのつながりを示すものであるということは、賢治が高瀬に対して、本当は深く心を寄せていたことの証拠なのだと思える。

中でも一番大事なものが「文語詩稿五十篇」なのだろう。「文語詩稿五十篇」の中にはこの詩「流氷」のほかに、面影を深く焼き付けた〔残丘（モナドノツク）の雪の上に〕、〔きみにならびて〕の詩が入っている。賢治はこのあと他に「文語詩稿一百篇」と題した作品集を編んでいるが、その中には高瀬との恋のいきさつをうかがえる詩を見いだすことが出来なかった。文語詩稿二つの作品集は賢治の中で意味合いが異なるものなのかもしれない。

■賢治は高瀬に許しを与えた

あの賢治の激怒が記された〔最も親しき友らにさへこれを秘して〕は未定稿に分類されている。これはある別の詩が書かれた一枚の原稿用紙の裏側に鉛筆書きで記されていた。裏側とはいえ、原稿用紙を使った以上は作品として仕上げる意図があったのは明白だ。原稿には後から細かな手入れもされている。

怒りとは愚かさの象徴だ。それをさらすことはみっともない姿を見せることでもある。そういう自身の姿をあからさまにしても賢治はこのことを残そうと考えたことになる。すると、この〔最も親しき友らにさへこれを秘して〕という詩の意図が浮き上がる。

この野の福祉を祈りつゝ
なべてこの野にたつきせん
名なきをみなのあらんごと
こゝろすなほに生きよかし

詩の最後のこの四行は、その女に許しを与えたという意味なのだ。賢治はそのことを明白にしておきたかったのだ。その女性がほかの者から指さされることなどないことを願ったのだと思う。若き日に親友にあてた手紙の余白に書き込んだ「怒りは知恵にみちびかるべし」という言葉そのものではないか。この未定稿が手元にあるとき、賢治は事情の全てを理解している。自分の激怒が妥当だったかどうかも分かっている。この詩を書き残すことがどういう意味を持つかも分かっているのだ。これはその時点ではただしく出現した現象であるけれども、間違った記録である。賢治はそのことを分かって記録にとどめたということだ。ここには賢治の愛がある。自己犠牲の精神にもつながるものだ。

もう一編、未定稿として分類されている詩がある。〔このみちの醸すがごとく〕だ。賢治全集によると、この詩の下書き稿は、原稿用紙の表面にきちんと罫線枠に従って書かれている。鉛筆ではなく、藍インクが用いられていた。メモ的に書き記したものではなく、明確な創作意図のもとに書き始められたことが分かる。未定稿とみなされたのは、この原稿用紙の裏面に書き直されていた手入れ後のものである。前にも書いたが、賢治の心は下書き稿のほうに明確に現れていて、未定稿とされた手入れ詩は、事情を知った人以外には分からないようになっている。

なにをかもわがかなしまん
すゝきの葉露をおとせり

やはり、未定稿であるこの詩の最後の二行とは、悲しみの表白ではなく、賢治の愛情から生まれている。下書き稿では「すゝきみな露をうち吐き／なきいづる虫の音もあり」として、虫の鳴き声に悲しい思いを託したのだったが、未定稿でははっきり「かなしまん」と書き改めた。高瀬の結婚に賢治は涙した。失恋と言っていいだろう。美しい恋であったと思う。

同時に、この悲しみが、賢治自身を救ったのだと思う。高瀬露の結婚に涙することで、賢治は重い失意の海から救い出された。賢治の心に残るのは、高瀬の愛情であっただろう。賢治はそれを信じて疑うことをしなかっただろう。悲しみは慈しみに導かれているのだ。

この作品が定稿に入らなかったのはなぜだろうと思う。文語詩稿五十一編ではだめだったのか。そう思うとき、〔きみにならびて野に立てば〕という詩の重さが一層際立つ気がする。

「雨ニモマケズ手帳」には、まだ詩編の形をした書き込みがあった。ともに、あの激怒の日によって呼び覚まされた〔聖女のさまして〕と〔雨ニモマケズ〕のことだ。賢治はこの二編については原稿用紙に書き直すことをしなかった。だから、この二編は「未定稿」としての扱いを受けていない。あくまで手帳に残された書き込みでしかないのである。しかし、このうちの一編が、賢治の死後に一人歩きをし、賢治の名前を高めることに大きな役割を担った。

結果的にそれを導いたのは高瀬だったとも言えないか。高瀬が賢治の名前を世に広める役割を担ったと言えないだろうか。デクノボーは二人の愛から生まれた子どもであるのかもしれない。

ああ、賢治、賢治、賢治。お前はいいことをした。

鈴木守『宮沢賢治と高瀬露』という本の中に、上田哲「悪女にされた高瀬露」という論考が収められている。上田氏によると高瀬は夫の死後、遠野でカトリックの洗礼を受けた。信仰心の篤い女性だった。

高瀬は結婚後も賢治に対する敬意をおろそかにしなかった、露草の名で「賢治先生の霊に捧ぐ」と題する短歌五首を機関誌に発表している。

賢治先生の霊に捧ぐ　　露草

君逝きて七度迎ふるこの冬は早池の峯に思ひこそ積み
ポラーノの広場に咲けるつめくさを早池の峯に吾は求めむ

オツペルに虐げられし象のごと心疲れて山に憩ひぬ
粉々のこの日雪を身に浴びつ君がみ徳の香によひて居り
ひたむきに吾のぼり行く山道にしるべとなりて師は在すなり

■「私とは何か」という問い

私とは何か。生きることに意味はあるか。そう問うことは少年の特権なのかもしれない。真剣に生きようとすればその問いは避けられない。生きている限りは他の生命を奪っているのであり、富める側であろうと貧しい側であろうと格差の理由を少年は納得できない。社会に尽くすとは大人の欺瞞であるとしか少年の目には映らない。そして答えは既に問いの中に用意されていて、私とは何者でもなく、生きることに何の意味もない。少年はその答えを激しく否定して立ち上がろうとする。そこでは社会が欺瞞に満ちている。

少年はいつか、生きることの意味を見いだすのかもしれない。自分が生きることは当たり前のことだと受け入れるのかもしれない。

親鳥が少し温めた卵を割ったことがある。その中に赤い血を目撃したときの衝撃。人が食べるということは命を奪う行為なのだと、そうして理解した。知識は先にある。理解は後から体験として訪れる。

例えば、「社会に役立つ人になりなさい」とか「草木一本にも命があるのだから大切にしなさい」などという大人の教えに対して、少年が困惑を覚えるようになったとする。まず自意識が先に訪れ、社会との関係性はその後に時間をかけながら見いだすものだからだ。その困惑を解決するのは容易ではない。食べることにしても遊ぶことにしても、知ろうとすることにしても、自由に行っていいわけではないことを知るからである。つまり本来は禁止されているものであると知る。少年に芽生えた自意識は、それを許すのは虚偽という言葉だと理解しようとする。だから問うわけだ。「私とは何か」と。

わたくしが生きることを許される理由とは何か。少年の自意識は問う。だがそれも、知識では得られないものだ。体験して獲得しなければならない。

ベーコンは「ちっぽけな哲学は人間の精神を無神論へ持っていく。しかし哲学における深さは人間の精神を宗教へ連れてゆく」と言っている。

最後に『春と修羅』第一集の「序」の個人的な訳文を掲げておく。

序

わたくしといふ現象は
仮定された有機交流電燈の
ひとつの青い照明です

（あらゆる透明な幽霊の複合体）
風景やみんなといつしよに
せはしくせはしく明滅しながら
いかにもたしかにともりつづける
因果交流電燈の
ひとつの青い照明です
（ひかりはたもち、その電燈は失はれ）

これらは二十二箇月の
過去とかんずる方角から
紙と鉱質インクをつらね
（すべてわたくしと明滅し
みんなが同時に感ずるもの）
ここまでたもちつゞけられた
かげとひかりのひとくさりづつ
そのとほりの心象スケツチです

これらについて人や銀河や修羅や海胆は
宇宙塵をたべ、または空気や塩水を呼吸しながら
それぞれ新鮮な本体論もかんがへませうが
それらも畢竟こゝろのひとつの風物です
たゞたしかに記録されたこれらのけしきは
記録されたそのとほりのこのけしきで
それが虚無ならば虚無自身がこのとほりで
ある程度まではみんなに共通いたします
(すべてがわたくしの中のみんなであるやうに
みんなのおのおののなかのすべてですから)

けれどもこれら新生代沖積世の
巨大に明るい時間の集積のなかで
正しくうつされた筈のこれらのことばが
わづかその一点にも均しい明暗のうちに
　(あるひは修羅の十億年)
すでにはやくもその組立や質を変じ

しかもわたくしも印刷者も
それを変らないとして感ずることは
傾向としてはあり得ます
けだしわれわれがわれわれの感官や
風景や人物をかんずるやうに
そしてたゞ共通に感ずるだけであるやうに
記録や歴史、あるひは地史といふものも
それのいろいろの論料（データ）といつしよに
（因果の時空的制約のもとに）
われわれがかんじてゐるのに過ぎません
おそらくこれから二千年もたつたころは
それ相当のちがつた地質学が流用され
相当した証拠もまた次次過去から現出し
みんなは二千年ぐらゐ前には
青ぞらいつぱいの無色な孔雀が居たとおもひ
新進の大学士たちは気圏のいちばんの上層
きらびやかな氷窒素のあたりから

すてきな化石を発掘したり
あるひは白堊紀砂岩の層面に
透明な人類の巨大な足跡を
発見するかもしれません

すべてこれらの命題は
心象や時間それ自身の性質として
第四次延長のなかで主張されます
大正十三年一月廿日

宮澤賢治

【解釈】

わたくしという現象は、（何ものかによって）仮定された、有機体（動植物のような）からなる交流電灯のひとつの青い照明です。（あらゆる透明な幽霊の複合体と言ってもいいでしょう）風景やみんなと一緒にせわしく明滅しながら、いかにもたしかにともり続ける因果（律の下にある）交流電灯の一つの青い照明です。（発した光は保たれるが、電灯自体は失われてしまいます）これらは（書き始めた）二十二カ月の過去と感ずる方角から、紙と鉱質インクをつらね（すべてわたくしと明滅し、みんなが同時に感ずるもの）、ここまで保ち続けられた影と光のひとくさ

り（一断片）づつ、その通りの心象スケッチです

これらについて人や銀河や修羅や海胆（うに）は、宇宙塵（うちゅうじん）を食べ、または空気や塩水を呼吸しながらそれぞれ新鮮な本体論（わたくしとは何であるかというような）も考えましょうが、それらも畢竟（ひっきょう）心（が見せてくれるもの）の一つの風物です。ただたしかに記録されたこれらの景色は、記録されたその通りのこの景色で（あるのです）それが虚無ならば虚無自身がこの通り（見えたのと同じ）で、ある程度まではみんなに共通いたします。（すべてがわたくしの中のみんなであるように、みんなのおのおののなかのすべてですから）（動物であろうと植物であろうと、水や空気や岩や金属であろうと、それらは共通の元素が集合して形づくられてそこにあるのであるから、いずれもが現象であると考えれば現象としては同じであると考えられる）

けれどもこれら新生代沖積世（現代）の巨大に明るい時間（人類が生まれ言葉を発し科学が進展し真実が明らかになる、明るくなったので、ものが見えるようになった）の集積のなかで正しく映されたはずのこれら（詩集『春と修羅』）の言葉が、わづかその一点にも均しい明暗（修羅にとっては十億年かもしれない）のうちに、すでに早くもその組み立てや質を変じ、しかもわたくしも印刷者もそれを変わらないとして感ずる（要するに気づかない）ことは、傾向としてはあ

り得ます。

けだしわれわれがわれわれの感官や風景や人物を感ずるようにそしてただ共通に感ずるだけ（認識するということ）であるように、記録や歴史、あるいは地史というものも、それのいろいろの論料（データ）と一緒に（因果の時空的制約のもとに）われわれが感じているのに過ぎません。

おそらくこれから二千年も経ったころはそれ相当の違った地質学が流用され、相当した証拠もまた次次過去から現出し、みんなは二千年ぐらい前には青空いっぱいの無色な孔雀（くじゃく）が居たと思い、新進の大学士たちは気圏のいちばんの上層、きらびやかな氷窒素のあたりから、すてきな化石を発掘したりあるいは白亜紀砂岩の層面に透明な人類の巨大な足跡を発見するかもしれません。

すべてこれらの命題は、心象や時間それ自身の性質として、第四次延長（賢治がアインシュタインの相対論や四次元の考え方を正確に理解していたとはとても思えないけれども、それまで信じられていた現実世界ではなく、時空間として認識されることになった新たな現実世界）のなかで主張されます。

あとがき

終わり近くになって、自分はこういう賢治を書きたかったのだろうかと考えた。文章というのは自分の心と裏写しであって、そうであってほしいという思いの中で文字にされる。

唯一の心残りは、文語詩を十分に読み込む時間がなかったことだ。終章を読んでくださった方は、賢治の文語詩をまるで短歌のようにして読んでいることに気づかれただろう。最初はそんな気などなかった。文語詩は当然、口語詩の延長にあると思っていたからだ。しかし、読み返すうちに、賢治は口語自由詩に限界を感じたという思いが強まった。文語詩は別の読み方をしなければと思った。

五七の音律というリズムのことだけではない。短歌と同じ種類の修辞法が用いられていると感じた。これは望月善次岩手大学名誉教授が指摘していたことだ。歌人の岡井隆氏もそういう読み方をしている。読み返せば新たな広がりに気づくに違いない。

晩年、賢治は妹に対して「なっても駄目でも、これがあるもや」と言ったという。その思いがようやく分かった気がする。

「文語詩稿五十篇」の中に収録された詩は、まさしく賢治の愛の記録である。愛した女性がいて、またその女性から愛され、その女性とはほかの人とは違って自己犠牲というものを厭わない、まるで自分と同じような不思議な考え方をする人であったと、賢治は書いたのかもしれない。つまりは、そういうことなのか。

　そういうことなら、手帳に書かれた〔きみにならびて野に立てば〕のひっかかりも納得できる。第二連の「北面に藍の影置ける」である。ここは相手の女性の心象をうたうパートになっているから、愛を置く相手のいるところが岩手山の北では困る。岩手山で北の面を見ようとすれば、どうしても滝沢以北に行かねばならなくなるからだ。だが、山は賢治自身を示すメタファーだとすれば、北面はぐっと近づく。高瀬露は実家から宝閑小学校に通っていたという。実家は花巻の向小路にあった。町の南側である。賢治の家は町中だから、高瀬からみれば北にあたる。距離も近いから北面と言ってもいい。ということであれば、賢治は「その女性はわたくしの上に愛の影を置いた」と言っていることになる。

　「峯の火口」は枕詞のようなものだった。ここは岩手県なのである。そうか、そういうことだった。ああ、岩手県は賢治をやさしく強く抱きかかえたのだ。

平成二十八年九月二十七日

参考文献
「青空文庫」（http://www.aozora.gr.jp/）賢治も漱石も神父セルゲイも、ここならすぐ見られる

「宮沢賢治の詩の世界」（http://www.ihatov.cc/index.html）
「宮沢賢治 Kenji Review 」（http://why.kenji.ne.jp/）
「電線のオルゴール」（http://www.eonet.ne.jp/~misty/kenji/kaiho/36.htm#list）
信時哲郎『宮沢賢治「文語詩稿五十篇」評釈』関連ページ
「宮沢賢治の里より」（http://blog.goo.ne.jp/suzukikeimori）
「宮沢賢治全集各種」（筑摩書房）
堀尾青史『年譜宮沢賢治伝』（中公文庫）
小川達雄「盛岡中学生宮沢賢治」（新潮社）
望月善次（賢治短歌関係論考全般）
岡井隆（著作全般）
　このほかに大事なものは本文中で紹介した。

第二部

短歌等小論考・短歌作品

関口厚光氏短歌作品遺稿集

一　短歌等小論考（三篇）

プレシオスの鎖とは何か

宮沢賢治の童話「銀河鉄道の夜」を読めば、少年時代の記憶がよみがえる。僕はアーサー・ランサムの『ツバメ号とアマゾン号』にのめり込んでいた。いくつ秘密基地を作ったろう。チココの暗号（たわいもない）を使い、大人の知らない抜け道が書かれた地図ができていた。映画「スタンド・バイ・ミー」や、マーク・トウェーンの「ハックルベリー・フィン」を例に出せば分かる人もいるだろう。簡単に言ってしまえば孤独と友情だ。友情の記憶は永遠に残る。僕はそんなふうに「銀河鉄道の夜」を少年たちの冒険物語として読む。だが最後の終わり方に引っかかりを感じていた。

◇自己犠牲の精神

「銀河鉄道の夜」は西欧風の道具立てを背景に、奇抜できらびやかな銀河世界の旅風景が感動的に描き出される。鉄道を利用するのはユニークな沿線住民であり、天上へ向かう人々もこの鉄道を利用するらしい。タイタニック号で犠牲になった幼いきょうだい、青年家庭教師も乗り込んでいる。ジョバンニとカムパネルラがなぜ乗り合わせているのか理由は伏せられているが、少しずつ分かってくる。自己犠牲によって死ぬことになった人々が天上に向かうようなのである。タイタニック号の三人は救命ボートに乗れなかったことで結果的に他の三人の命を助けた。女の子は蝎（さそり）の火の逸話を披露する。カムパネルラはザネリを助けて死んだ。汽車の乗客はこうした自己犠牲によって天上を目指す客となっている。

青年家庭教師は「わたしたちはもうなんにもかなしいことないのです。わたしたちはこんないいとこを旅して、じき神さまのとこへ行きます」と、幼い子どもたちを励ます。

乗り合わせた燈台守は「なにがしあわせかわからないです。ほんとうにどんなつらいことでもそれがただしいみちを進む中でのできごとなら峠の上りも下りもみんなほんとうの幸福に近づく一あしずつですから」となぐさめる。賢治は構想の最初から、自己犠牲の人たちの進む道として銀河鉄道を考えたのだろうか。主人公にジョバンニという名前を与えたのはやはりそのためだろうか。

「ヨハネの福音書」第十五章十三節に書かれているのは「人がその友のために自分の命を捨てること、これよりも大きな愛はない」(bible.Salterrae.net から引用)という自己犠牲への称賛である。明確に「命を捨てること」と書かれた言葉の重みを賢治はカムパネルラに担わせた。

旅の道中でカムパネルラが「おっ母さんは許してくださるだろうか」と漏らす場面が象徴的だ。自分を犠牲にして友達を助けたことを、母が許してくれるかどうか心配しているのだ。自分が死ぬことは愛してくれた母への裏切りである。「いったいどんなことが、おっかさんのいちばんの幸なんだろう」「誰だって、ほんとうにいいことをしたら、いちばん幸なんだねえ」と揺れ動く心で自分の行為を振り返る。

しかし、読者はこの揺れ動く心の理由を、この場面では正確には読み取れない。カムパネルラの死の理由が読者に示されるのは最終章なのである。読者はジョバンニとともに目隠しをされたまま連れ去られていく。それは自己犠牲という言葉に引きずられないように読んでほしいと賢治が言っているようにも思える。

登場人物たちは「ほんたうの幸せ」や「ほんたうの神様」をめぐつて、心の迷いを率直に吐露し続ける。悩みながら、それぞれが、それぞれの「ほんたう」を願うのだ。賢治は彼らの信仰を尊重する。どちらが本当なのかを明らかにするためではなくて、本当を求めること自体が大切であると、伝えたがっているように思える。

作品の主題が、本当の幸せとは何かいうことにあるのであれば、幸せの意味をまず問うだろう。賢治はそれをしていない。「ほんたうのさいわい」だとか、「ほんたうのほんたうの神様」という言葉の根源に迫ろうとしない。自己犠牲は悲しみの中で懐疑的に語られながら、称賛されることはなく（消極的に）容認されていく。主題はここにはない。賢治の頭の中を占めていたのは「ほんたうの幸福」でも自己犠牲でもない。そのすぐ隣に、これらの言葉とつながって、あるという気がする。それは悲しみの行方である。どこまでも一緒に行こうと約束しながらただ一人取り残されたジョバンニの大きく重く満たされた悲しみである。賢治は悲しみを取り除こうと苦心する。それが、この作品を未完にさせた大きな要因なのかもしれない。

◇悲しみの行方

「主題」という言葉を僕は、創作意図とか創作動機という意味で使っている。「銀河鉄道の夜」が宗教的解決策を提示しようとしたものではない、ということを納得できるのであれば、もう十分であるのかもしれない。銀河鉄道の旅の楽しさを描きたかったからということでよしとすべきかもしれない。

汽車はさそり座を過ぎ、ケンタウルス座を経てサウザンクロスに着き、大半の乗客はクリスチャンと見えてそこで降りる。列車はさらにその先へ進み、にわかにがらんとした列車の窓からカムパネルラが石炭袋を見つけてジョパンニはぎくりとする。

それからカムパネルラは「きれいな野原」を発見して「あすこにいるのはぼくのお母さんだよ」と叫ぶ。気づくとカムパネルラの姿は消えていた。読者は、カムパネルラが死者であったということをここで初めて知る。そしてお母さんのいる天上世界に行ったということを理解するように作られている。カムパネルラの母親が以前に亡くなっていたという設定はうなづける。天上に待っている人がいるということは、悲しみをやわらげるだろうからだ。カムパネルラの父親は、妻に続いて息子も失う結果となった。それなのに、父親は悲しみを外には見せない。「もう四十五分たちました」などと、捜索をしてくれている町の人たちへの心苦しさを示すのである。

これはなぜだろう。悲しみが心の中に広がっているであろうことは、父親の小さな仕草から十分に読み取れるように賢治は書いている。悲しみはあるのだ。だが、それを表に出すことは、ザネリや友達の少年たちを傷つける。罪の思いを心の中に抱かせる。父はそれをすまいとしている。それからジョバンニに対して、父親の消息を告げるなどして心遣いを先に示す。いったいどれだけ心優しい一家なのだろう。

カムパネルラがサウザンクロスで下車をせず、「あすこがほんとうの天上なんだ」と叫ぶその先の野原で降りることを考えると、カムパネルラ一家はクリスチャンではないらしい。サウザンクロス付近が銀河鉄道の終着点に設定されてはいるので、その辺りは微妙にぼかされていると思えなくもないけれど、キリスト教の精神を強調する意図が賢治にないのは明らかだ。

◇「銀河鉄道の夜」はなぜイタリアか

「銀河鉄道の夜」の登場人物はなぜイタリア語読みなのか。物語の舞台もイタリアなのだろうが、読んでいて頭に浮かんでくるのは盛岡や花巻の町、北上川や猿ケ石川、遠野を走る釜石線のＳＬ、種山ケ原などの景色だ。舞台のモデルは外国ではなく岩手の風土であるように思える。ということは、イタリア風の人物名は見せかけだけか。作品中に信仰は出てくるが、特定の宗教名は伏せられている。キリスト教的世界を連想させることで、仏教をイメージさせないようにする演出とも考えられる。作品のテーマにかかわる理由がそこにあると思う。

イタリアは海洋に面して日本と同じく火山と地震の国である。プルカーノ火山が大噴火をしたのは賢治が生まれる八年前の一八八八年であった。賢治の心を占めていた歴史的人物というものもあるかもしれない。

「博物誌」を著した博物学者プリニウスがいる。都市ポンペイを埋めてしまったベスビオス火山の噴火の調査に赴いて亡くなった。冒険者コロンブスはイタリアの出身。天の川がたくさんの星の集まりであることを発見したガリレオ・ガリレイもイタリア人だった。いずれも冒険心に富んだ賢治好みの人物だ。

ジョバンニはヨハネのイタリア語読みである。使徒ヨハネの父は漁師だったと言われるが、ジョバンニの父親もそんな設定になっている。聖書「ヨハネの福音書」には自己犠牲について記された一節がある。自己犠牲は「銀河鉄道の夜」の重要なテーマの一つであり、登場人物たちの象徴にもなっている。賢治はいつから知っていたのだろうか。やはり作品の舞台は意図があって設定されたと思える。

◇「薤露青」が示す悲しみ

やはり「薤露青（かいろせい）」の詩を避けては通れない気がする。舞台の道具立てが「銀河鉄道の夜」と似通っていて、構想のもとになったのではないかと言われるが、それがこの詩の評価を高めているわけではない。悲しみに満ちた美しい詩だからである。

「水よわたくしの胸いっぱいの／やり場所のないかなしさを／はるかなマヂェランの星雲へとゞけてくれ」と賢治は歌った。「一九二四、七、一七」と日付が書き込まれていて、それは賢治が花巻農学校に在職中のもうすぐ二十八歳を迎える夏である。花巻のイギリス海岸近くの川堤で一人夕暮れを迎えながら、わずかにかすむ天の川と地上の北上川とが溶け込む南の空を眺めては悲しみに浸っていた。妹トシが亡くなってから一年八カ月が過ぎていた。傷心の樺太旅行は前年七月であった。

……あ丶　いとしくおもふものが／そのままどこへ行ってしまったかわからないことが／なんといふい丶ことだろう……

「薤露青」

作品の終わり近くに記された字下げ部分の、この三行をどう読み取ればいいだろうか。「どこへ行ってしまったかわからないことがなんといふい丶こと」とはどういう意味だろう。どこへ行ったか分からないと、どういうことになるだろう。思い浮かぶのは、自分がそこへは行けないということだ。行き先が分からないのだから。つまり永遠に二度と会えない。それから、そこがいい場所なのか、悪い場所なのか、幸せな場所なのか、苦しい場所なのかを推測する手立てがないということだ。それは悲しみを和らげないだろう。喪失感（例えて言えば暗黒の穴であり夜空の「石炭袋」）を埋めるというようには働かないだろう。悲しみは深くなり、そして消えることがない。喪失の傷穴が広がることが「い丶こと」だなんて、どうしたら言えるだろう。僕には、分からなかった。

賢治がトシの死の翌年に出掛けたサハリン（樺太）への旅はトシを探す旅だった。別の世界に行ったなら、トシはきっと自分にそこから信号を送ってくるはずだと考え、必死に探し続けた。列車の窓から、「お前はいま木星の上にいるのか」と一心に願ったりしたわけだけれど、その通信が届くことはなく、トシの居場所は分からなかった。「いとしくおもふものがどこへ行ってしまったかわからない」とは、探しているのに、教えて欲しいのに、待っているのにという、苦しさの吐露だった。その樺太旅行から一年。賢治はそれが「い丶こと」だと思うようになったわけである。その大きな転回点が分からない。

認めたくない現実を受け入れるには、それまでとは違う心の働きが必要である。例えば失恋の痛手を乗り越えるために、以前より深く相手を愛する、相手の幸せをより強く願うことで耐えようとするような行為、価値観の上位に自らを導くことで乗り越えようと心を働かせる方法がある。賢治の場合、どんな心の働きを経てたどりついたのか。作品名に付けられた薤露（かいろ）という言葉は、人の命のはかなさをあらわすという（精選版日本国語大辞典）。薤はラッキョウのことであり、その細い葉についた露がすぐに消えてしまうことからの例えである。

夏目漱石にアーサー王伝説にちなんだ少女の悲恋を扱った物語「薤露行」（一九〇五）という小説がある。行方の知れぬ騎士ランスロットに恋い焦がれる余り衰弱死するエレーン姫。その遺骸を載せた舟の道行きが「薤露行」になっている。賢治の「薤露青」と舞台の道具立てが似通っていることに気づく。同じ水のイメージ（情景）が呼び起こされるのだ。漱石の作品が賢治の頭の中にあったのは確かだろう。賢治はその情景を「青」に例えた。舟の道行きではなく、昼と夜との境目にあるわずかな青い世界の時間に置き換えた。薄明のほんの十分間ほどだけ現れる青い世界のことを薤露青、はかない青の世界と呼んだのである。

「薤露青」の詩を読むとき、賢治は悲しみにまだ深く覆われている。しかし、賢治が痛手を乗り越えつつあるようにも思える。それらは容易には解きがたい謎の言葉として示されていて、それが銀河鉄道の旅に導く。

◇出回った三種類の「銀河鉄道の夜」

「銀河鉄道の夜」は未完の作品なのかもしれないが、ほぼ完成されたものであると僕は受け止める。賢治の生前には発表されず、死後に残された草稿を研究者が整理し、大きな改定ごとに四種類の原稿（第一次〜四次稿）に分類して形にしたという事情も分かる。だから校本（複数の異稿を整理して文章や語句の異同を比較対照できるようにしたもの）という形で読まれるのがふさわしいということも理解する。でも、最終形（第四次稿）だけで十分だろう。とは言いながら、僕がこの原稿を書いているのは、最終形の前の第三次稿にしか登場しない黒帽子の男（僕はブルカニロ博士についてては興味がない）のエピソードについて明らかにしておきたいことがあるからである。

そのエピソードは、賢治が四次稿に書き直したときに削除された。賢治が不要として、あるいはあってはならないとして削った。にもかかわらず、その削られたエピソードを基に「銀河鉄道の夜」を読み解こうと僕はしている。矛盾しているだろうか。

しかし、賢治の遺志がどうであれ、結果的に、四次稿で削られ、三次稿の中でしか登場しないブルカニロ博士に研究者の注目が集まったということに意味があるのだろうと思う。何がそんなにも研究者をひきつけたのか。「銀河鉄道の夜」の創作意図、主題を理解するために、削られた三次稿が重要であると思われたからである。そして、僕もそう考える。削られたこのエピソードの中に、読み解く鍵があると思う。僕にとってその鍵は、黒帽子の男がジョバンニに対して語った「プレシオスの鎖を解かなければいけない」という言葉だった。

賢治作品は現在、著作権が消滅していることからほぼそのすべてをインターネットで誰もが自由に閲覧できる。とりわけ「青空文庫」は利用しやすいだろう。その「青空文庫」には、三種類の「銀河鉄道の夜」が載っている。新潮文庫（平成元年初版）、角川文庫（昭和四十四年改版初版）、岩波文庫（昭和二十六年初版）である。このうち新潮のものが最終形と呼ばれる第四次稿である。岩波が第三次稿、角川はその合体形である。

三次稿は結末部もないし明らかに制作途中のものと思われるのだが、それでも出版されたのは、前に記したようにブルカニロ博士のエピソードが記載されているからだろう。不思議なのは、「四次稿」＋「ブルカニロ博士」という、賢治がしていない合体版まで堂々と賢治作品として出版されていることである。全体の整合性がとれないにもかかわらず、編集者らがそういう行動に踏み切ったのは、どうしてもその部分を読ませたいと考えたからだろう。

◇削除されたもの

三次稿だけにあって賢治がその後に削ったエピソードに登場するのは、「黒い大きな帽子をかぶった青白い顔の痩せた」男である。カムパネルラが消え失せて、悲嘆に暮れるジョバンニの場面だ。男はこう言う。

「おまえのともだちがどこかへ行ったのだろう。あのひとはね、ほんとうにこんや遠くへ行ったのだ。おまえはもうカムパネルラをさがしてもむだだ」「ああ、どうしてなんですか。ぼくはカムパネルラといっしょにまっすぐに行こうと言ったんです」「ああ、そうだ。みんながそう考える。けれどもいっしょに行けない。そしてみんながカムパネルラだ。おまえがあうどんなひとでも、みんな何べんもおまえといっしょに苹果（りんご）をたべたり汽車に乗ったりしたのだ。だからやっぱりおまえはさっき考えたように、あらゆるひとのいちばんの幸福をさがし、みんなといっしょに早くそこに行くがいい、そこでばかりおまえはほんとうにカムパネルラといつまでもいっしょに行けるのだ」（角川文庫版）

　これは散文というよりほとんど詩である。言葉は平易なのに内容が高度でよく理解できない。最初の「あのひとはね、ほんとうにこんや遠くへ行ったのだ」というのは、カムパネルラが死んだということで、「おまえはもうカムパネルラをさがしてもむだだ」というのはその通り。カムパネラはお前の行けない遠くへ行ったという当たり前のことだ。

次の言葉はどうだろう。「みんながカムパネルラだ」という部分である。生きている者、みんながカムパネルラと「同じである」ということだろうが、何が同じなのか。死んでしまったら誰とも一緒には行けないという道理のことを言っているのだろうか。それとも、生きている人たちみんなをカムパネルラだと思えという意味だろうか。カムパネルラの話がなぜみんなの話にすり替わってしまうのか。

そして「おまえがあうどんなひとでも、みんな何べんもおまえといっしょに苹果（りんご）をたべたり汽車に乗ったりした」と続く。現実にはそんなことはあり得ない。だからこれは、われわれが認識できる現実の世界とは別のことを言っていることになる。

輪廻ということを思い浮かべるかもしれない。しかし、帽子男が言っているのは同時に、どの場所にもいるということだから単純な輪廻のことではない。

例えば、元素レベルで考えると、われわれの体を構成している水素や酸素や炭素、鉄などの金属も含め、それらは以前の水や空気や植物や動物が分解して拡散した元素が再利用されることで成り立っているというような考え方である。元素レベルでは共有体なのに、自分の心の働きだけで自分と他人を区別するのはおかしいという主張である。

例えば、賢治が詩集『春と修羅』の「序」で自分のことを「現象」と呼んだように、自分という実体はそもそもなくて、現象があるばかりだという認識に立ったらどうだろう。他人もみな一瞬間（宇宙の百三十八億年の歴史から見れば）の現象であるという認識の下でなら、「みんな何べんも一緒にリンゴを食べたりした」と主張することは可能だろうか。その場合には食べたという記憶がもはや必要ない。起こったすべては「現象」として同じことだからだ。

その男はその少し後で「ぼくたちはぼくたちのからだだって考へだって、天の川だって汽車だって歴史だって、たださう感じてゐるだけなんだから」と説明する個所もある。これは宗教だろうか、それとも哲学的な認識論だろうか。

だが、次の文章へ行けば、また心が揺らぐ。「あらゆるひとのいちばんの幸福をさがし、みんなといっしょに早くそこに行くがいい、そこでばかりおまえはほんとうにカムパネルラといつまでもいっしょに行けるのだ」というこの言葉を、宗教的な意味合い以外に受け止めることは可能だろうか。いつまでも一緒に汽車の旅をするって？

ここに並んでいる文字列は、賢治がこれまでにも繰り返し書いてきたことであるけれども、「銀河鉄道の夜」の作品としては破綻をもたらす内容だと思う。賢治はなんと性急だろう。言葉足らずで説得力に乏しいではないか。

それでも、このあとに登場する言葉がおそらく、編集者たちの心を動かしたのだと想像する。ジョバンニは「ああマジェランの星雲だ。さあもうきっと僕は僕のために、僕のお母さんのために、カムパネルラのために、みんなのために、ほんとうのほんとうの幸福をさがすぞ」と決意する言葉である。

僕はこれをレトリックだと思う。大きな悲しみからの出発である。悲しみを乗り越えて進もうという大きな意思である。現実に不可能なことであっても願うことは可能だ。願いは事実になる。願えば現象になる。それは記述可能なのだ。その感動的な光景が読む者の目をくらませる。

賢治は、結局、第四次稿（最終形）で、この黒帽子の男の登場する最終エピソードをすべて削除し、そのあとにカムパネルラの死の経緯を伝えるエピソードを書き加えた。この態度は正しいと僕は感じる。

◇プレシオスの鎖とは

さて「プレシオスの鎖」である。黒帽子の男はジョバンニに「ああごらん、あすこにプレシオスが見える。おまえはあのプレシオスの鎖を解かなければならない」と告げるのだ。プレシオスの鎖とは何か。

プレシオスは三次稿では最初「プレアデス」と書かれていた。プレアデスは昴（すばる）のことでプレアデス星団である。「あすこに見える」というような星は限られる。プレアデスなら方角も時間帯も周辺の星の配置も分からなくても一目で見分けられる。

そして「プレアデスの鎖」という言葉もある。旧約聖書「ヨブ記」の一節に「あなたは、プレアデスの鎖を結ぶことができるか。オリオンの綱を解くことができるか」と神がヨブに向かって言い放つ厳しい信仰の問いかけがあるからだ。賢治はこの言葉を当時の天文学書から知ったのだろうと日下英明という研究者が書いて（『宮沢賢治と星』）いる。

「なぜ試練を私にお与えになるのか」とヨブが嘆いたとき、神は逆にヨブに対して信仰の深さを問いかける。プレアデスはたくさんの星が集まって輝きを放っている。その星々を一つに縛り付けている「鎖」をほどいて星々をばらばらにしてしまうことが、お前にはできるのかというのである。

だが、賢治がここで言いたかったことは信仰ではない。だからプレシオスと書き替えた。誤解されないためだろう。「銀河鉄道の夜」を宗教的な話にしたくなかったのだと僕は思う。賢治には、解きほどくべき別の鎖があった。それは悲しみの鎖である。大きな悲しみにうちひしがれたジョバンニを、一人で生きていくようにし向けるには、悲しみの鎖を解いてやらねばならなかった。それは、トシの死の悲しみに縛られた賢治自身のそれまでの軌跡である。嘆きの「薤露青」から抜け出さねばならないのだ。

舞台をしつらえてやらなければ、ジョバンニは悲しみの失意の海から浮かび上がれないと賢治は最初考えた。それが第三次稿である。

ところが、賢治は第四次稿で、その個所をばっさりと削るのである。黒帽子の男の会話もまったく出てこない。プレシオスの鎖もなければマジェランの青雲もない。賢治はこの部分を不要と判断した。荒太に書き加えた結末部だけで十分と判断したのだ。

◇ジョバンニへの祝福

カムパネルラがジョバンニの前から突然消えたところにまた戻る。四次稿では、ジョバンニがここで夢から覚めて現実世界に戻ってくる。銀河鉄道の旅は疲れて丘の上で睡ったジョバンニが見た夢だったことにされた。だからその夢の中身が現実離れをしていても何も問題はない。

ジョバンニの悲しみもやわらいだろうか。見た夢の現実感に圧倒されて、悲しみの気分は続いていただろうか。

町に下りてカムパネルラが行方不明であることを聞かされる。大きな不安の予兆は現実になった。カムパネルラは死んだと悟るジョバンニ。読者もここで初めてその経緯を知るのである。足が震え、悲しみの中に投げ出される。いよいよ物語のクライマックスである。賢治が策四次稿に用意したのは、カムパネルラの父だった。「もう駄目です。落ちてから四十五分たちましたから」と、死亡の宣告を下すのである。なんとか遺体を見つけてやりたいとは口にしない。子を失った悲しみを表に出さずにじっとこらえている父の博士。悲しみでのどが詰まって、ついさっきまでカムパネルラと一緒に居たと言い出せないジョバンニ。その少年に向かって博士は「あなたのお父さんはもう帰っていますか」と切り出すのである。「今日あたりもう着くころなんだが」と息子のカムパネルラそっちのけで、ジョバンニを気遣う。

ジョバンニは素直に反応する。父親が帰ってくると聞かされて、お母さんに教えなくちゃと気が急いてくる。その瞬間、カムパネルラの悲しみを忘れる。

ジョバンニよ、カムパネルラのことはもういいのか、鉄砲玉のように立ち上がり窓から身を乗り出して叫んだ、あの悲しみはどうしたのだ。読者がそう思うのは無理もない。だが、賢治はジョバンニに祝福を与えた。悲しみの鎖を解いたのである。賢治もまたプレシオスの鎖を解いたのだ。

『北宴４５６号二〇一六・七・八、４５７号二〇一六・九・十に前・後編として所載』

宮沢賢治の短歌

「NHK短歌」で四月号から「宮沢賢治の短歌」の新連載が始まった。二人の歌人が二通りの切り口で賢治短歌を読み解く試みらしい。賢治生誕百二十年を記念しての企画である。これまで賢治の短歌は、歌人たちに失望を与えてきたようだが、もしかすると、今年は見直しの契機になるかもしれない。弾む気持で一読したら、沈んでしまった。「ああ、分かってもらえない」。

初回に取り上げられたのは、「歌稿B」と呼ばれる清書群の冒頭に置かれた二首である。「明治四十二年四月より」という書き込みがある。賢治が十三歳になる年の春である。

中の字の徽章を買ふとつれだちてなまあたたかき風に出でたり（歌稿B0－1a）

賢治はこの年、盛岡中学校を受験して合格した。当時、岩手県内に旧制中学は四校あったが、その中でも盛岡中学は別格である。学業に優れたごく限られた者しか入学できなかった。それは、幸せな将来が約束されたという意味ではない。少年にとっては、近代国家を作るため社会的な使命を担うという意味合いのほうが大きかった。

だから、「中の字の徽（き）章」に重い意味がある。徽章は学生帽に取り付けるものだったろうが、この重さを理解しないことにはこの歌を読み解いたことにはならない。連れ立った相手は父親だが、父の姿は歌から消えている。父など消えていいのだ。父と息子の関係に生あたたかい風が吹いたわけではないのだ。（と私は思う）

ここには、まだ身長も伸びやらぬ丸い童顔のちっこい賢治がいる。だが、心の中はずっと大きい。当時の四月は今より寒いわけだけれども、生暖かい風に賢治は心の動きを込めたわけでもない。賢治の場合、短歌であっても比喩はない。生暖かい風に出合ったというのであれば、実際に賢治は生暖かい風を感じたのだ。これは心情の表現ではない。この歌はちょっと賢治らしくなく、短歌らしい短歌だなあと思ってしまうが、実はそうではなくやはり賢治的だ。

というようなことを書くと、戸惑う人は多いだろう。だが、心情を吐露しているのではなく、見たままを記録している（それは、写生とも異なる）ということを理解しないと、賢治短歌には触れられない。そこが賢治の短歌の最大の魅力であり、欠点（短歌的な意味から言えば）でもあるのだろう。優秀な歌人（あるいは優秀であればあるほど）をして、賢治短歌の評価を下げる原因にもつながっている。（と私は思う）

父よ父よなどて舎監の前にしてかのとき銀の時計を捲きし（歌稿B０－１b）

冒頭からの二首目である。賢治は花巻から盛岡まで通うのが難しいので寮に入った。その舎監が登場する。「お父さん、どうして、舎監の前で銀の時計のねじをまいたりしたのですか」と歌っている。それは、金持ぶった態度の父への反感を歌ったとすることも可能だが、読みとしてはつまらない。

この歌は「かのとき」の言葉に重みがある。賢治は入学後舎監らのひどいいじめの標的になった。当時、金持ち商人の跡取り息子など、より貧しい旧士族の子弟から見れば我慢できない存在だったろう。

後年、名を成した賢治について「あんなにいじめるんじゃなかった」と上の学年にいた一人が吐露したという話もある。それほど賢治は寮にいて理不尽な洗礼を受けたのだろう。（勝手な推測ばかりで恐縮だが）

だとすればこの歌は、「お父さんあのときなんてことをしてくれたんですか。おかげで私はひどいいじめに遭う羽目になったのです」という、父への恨み節であると私には思える。

いじめられっこ賢治は、いじめられているだけではない。やがて舎監排斥運動を起こす。自分へのいじめに見ぬ振りをする教師には反抗したらしい。担任からは「狡猾、冷酷」な性格と、成績簿に毎年毎年記載（吉田美和子『天上のジョバンニ地上のゴーシュ』）される。それほど巧妙かつ徹底的に歯向かったのだろうと思う。家族から理解もされない。「なぜ中学であんなに暴れたんだ」と言われる始末だった。

さて、問題はまだあって、この十三歳のころを歌った歌が、いつ歌われたのかである。岩手大学名誉教授の望月善次さんによると、賢治が短歌を作り始めたのは十五歳からなので、この明治四十二年の歌はそれ以降に作られた「回想の歌」（望月善次「賢治の短歌」）ということになる。ということは、ほかにもある？　そうなのだ。なぜ賢治がそんなことをしたのか。そこに賢治の短歌を読み解く鍵があるように思える。

賢治は一千首を超える短歌を残したが、短歌の創作を二十五歳頃で突然やめる。代わって口語自由詩にのめり込む。詩集『春と修羅』による近代詩人の誕生である。ところが、その口語自由詩の創作もやがて賢治はぷつりとやめて晩年ごろには文語定型にそれまでの人生をまとめようとする。その文語定型詩の中に短歌を見て取る研究者がいる。まったくもって賢治は不思議だ。でもって賢治短歌にはいい作品が多いのだ。（『波濤』No.２７０　二〇一六・五）

賢治の恋歌

宮沢賢治の短歌は、十七歳のときの初恋の歌から始まった。盛岡中学五年、本人は上級学校への進学を希望していたが、父や祖父は「商人にさせる」として認めなかった。それに病気が追い打ちをかけた。高熱を発して入院することになったのである。失意の中で、賢治は看護婦に恋をした。初恋だった。

検温器の
あおびかりの水銀
はてもなくのぼり行くとき
目をつむれり　われ　　（歌稿Ｂ80）

思いを寄せる看護婦がやってきて「お熱どうでしょう」などと言いながら検温器を手に取ろうとする。賢治は既に顔を真っ赤に高潮させている。「お熱高いですねえ」などと言われても隠れる場所がない。

十秒の碧きひかりの去りたれば
かなしく
われはまた窓に向く。　（歌稿B111）

当時の検温計は現在のものとほぼ同じ形を既にしていたようだ。「碧（あお）きひかり」に思いを託すなどなかなかだ。

はだしにて
よるの線路をはせきたり
汽車に行き逢へり
その窓明し　（同180）

恋心抑えがたくときにはこんなこともした。賢治はこの看護婦と結婚したいと願ったが、父に反対されてかなわなかった。しかし、あるころを境に賢治は恋を懐疑する。それは人として間違った感情だと思い込む。

ほんたうにおれは泣きたいぞ。
一体何を恋してゐるのか。
黒雲がちぎれて星をかくす
おれは泣きながら泥みちをふみ。
（冬のスケッチ）

賢治は恋歌を歌えなくなった。衝動の意味を問いはじめると短歌では収まらない。別の表現形式が必要だ。「冬のスケッチ」は創作の軸足を詩へ移す過渡期の創作群。『春と修羅』はすぐにやってくる。

恋と病熱

けふはぼくのたましひは疾み
烏（からす）さへ正視ができない
あいつはちやうどいまごろから
つめたい青銅（ブロンヅ）の病室で
透明薔薇（ばら）の火に燃される

ほんたうに　けれども妹よ
けふはぼくもあんまりひどいから
やなぎの花もとらない
（一九二二、三、二〇）

こんな感じに二十五歳になった賢治は性衝動の罪悪感と嫌悪に落ち込む。これが『春と修羅』のテーマと言ってもいいほどだ。その五年後、恋は水蒸気になる。

（あの雲がアットラクテヴだといふのかね、）
その黒い雲が胸をうつといふのか
それは可成な群集心理だよ、
なぜならきみと同じやうな
この野原の幾千のわかものたちの
うらがなしくもなつかしいおもひが
すべてあの雲にかかってゐるのだ

あたたかくくらくおもいもの

ぬるんだ水空気懸垂体
それこそほとんど恋愛自身なのである
なぜなら恋の八十パーセントは
H_2Oでなりたって
のこりは酸素と炭酸瓦斯との交流なのだ、

「春と修羅」の時代が終わりに近づいている一九二七年（昭和二年）に作られた詩だ。「雲」の言葉を「女」に置き換えると分かりやすい。「愚かなことだよ、きみ」と言いながら、賢治はその黒雲（の君）に恋をしていた。

それからさらに四年。病熱の床で死を覚悟した賢治は手帳に「雨ニモマケズ」を書く。その同じ手帳に「きみにならびて野に立てば」で始まる文語詩が書き込まれていた。黒雲の君を詠んだものだ。

（前略）
「さびしや風のさなかにも
鳥はその巣を繕はんに
ひとはつれなく瞳（まみ）澄みて

山のみ見る」ときみは云ふ

あゝさにあらずかの青く
かゞやきわたす天にして
まこと恋するひとびとの
とはの国をば思へるを

遺書ともいうべき手帳の最後にあった恋歌。回想の詩である。女は「鳥は風の中でも愛の巣を作るのに、あなたは…」とうらめしげに言う。そのとき賢治は自分の思いを隠した。「あゝさにあらず」と言っている。女性に謝まらなければならないと思っている。賢治の深い後悔の念なのか。賢治は隠そうとする。秘すために文定型語詩が必要だった。(『波濤』No.276 二〇一六・十二)

二　短歌作品

北宴関係歌

昆明男さんを歌う

昆明男愛すべきやつあわよくば人を食わんと誘い水するやつ
「まずちょっと」「も少しいんだ」その口調あらがいがたき魔力持ち
「今度はさおれのごと泊めてくれねばさ」わが3DKに案内したり
「わるやづだ」母は見抜けり「あいづど付き合ってがらおめわるぐなった」
「あーお前はあれだまず分かった」って昆さんさあそなんでいいの
演技とは生きゆくための方便よお前の嘘はまだちっさいねぇ
かつぜつが切れてるなんて冗談だろろれつ回らぬほうが受けは良い

酔わずして我慢ができる男らの頭を割っても芝居にならず
役者にはいいねいいねと言うがよし褒めれば人生怖いものなし
オレはさあお前の悲しさが分がるんだよね見せてくれねが舞台の上でさ
顔を見て店主ら一瞬身構える大丈夫だってばきょうはまだ
「あんたごど心配だがら言ってんだ」そう言うやつは早死にするね
寺山の透明マントに風はらむ裸であるとは誰も告げざる
人見れば悲しくならぬはずがない感受性こそ皿に盛るべし
飲むことは反逆を意味するだろう遠き異国の砂漠の銃弾

春夜幻想

芋虫のかじる音するぬるき夜は悔しさわきて身もだえのする
ちちははの既になき世に生まれ出で何なすべきか知るこそあわれ
一心に葉をかみゆけばプロテイン工場のごとく体躯にたまる
葉にありて体躯を揺すり肥えゆきて鳥ら目ざとく献身を摘む
なにもなき芋虫疾駆幸せも生きる疑問も死へのおそれも
生きのがれ体躯満ちれば時を知るメタモルフォセス食断ち切れし

くち失せてはや生きられぬと知りうるかあげははは吻にて蜜の味知る
雌あげは花蜜を吸えば新しき雄の寄り来て交尾は長き
なつかしき記憶の匂いかぎ取れば槐の葉上一顆産み落つ
舞いゆけば花よりもなお美しく生をいざなう風の来たりて
三百の交尾を経ての三百の卵こぼれて生の始まる
愛なくて孤としての生あゆみおり個なれば献身生も死もまた
われひとりあることとの生切れ切れにそは十四の問いであったか
芋虫の葉をかじる夜に風よぎるお前は何をしてきたのだと

歌会提出歌（2015・11・14）

高原の野犬ならずやゴイサギの闇の吠え声親しみて聴く
ずぶぬれて開け放ちたるドアひとつ親しき人と別れた夜は
悲しみを見詰めたるための道具という少年の像は永遠の笑み

「宮澤賢治記念短歌会（宮澤賢治センター＝岩手大学内）」関係歌（「題」は兼題）

２０１５年11月「悩む」

少年は松の木肌を削ったのだ林の道に雨降り続く
直売所大根キャベツ小豆ネギ学芸会のような夕空
ゴイサギの吠え声聞こゆ高原の夜澄みゆけば天の川立つ
地中よりいでし石斧の形してまぶし琥珀の干し芋熱し
タマネギに切れ目を入れていくときの微塵の果ての感傷を知る

２０１５年12月「ほのか」

からだ消ゆともやすらけく母よ往け地球の総量ほのも変わらず
ほのかにも死なむと定めし道なれば大和心ぞしきしまの道
ちょっとぎま老母（はは）が得意の呪文にて逃れる術なし黒焦げ魔法
「お前（め）が食べ（け）」と母差し出しし手の上の栗をさらってぶすぶすと生く
いつからか「きたよ」「きたよ」と鳴るガラス「入っておいで」一周忌来る

２０１６年1月「さる」

かにかくに笑いの糖衣愛せしが生きるとはなお猿まねに似る
赤黒き月の化粧（けはい）に庚申はあやかすごとく我を告げ来る
わが荒野あそびし孤猿うべなわず我も次第に同化しゆけり
反省と後悔だけはわが領分だったはずだが猿には勝てぬ

２０１６年2月「ボールペン」

２０１６年3月「切る」

切り屑の価値高めたるペレットの熱に打たれて過ごす冬あり
ひそやかに期限を切って生き延びろお前の過去へ時限爆弾
三月の風切り音の中にいる幾千の子ら凧凧揚がれ
少年の問いであったかわれ一人あることの生切れ切れの夢
乙女らの記憶の封を切りたくてエンゼルパイを手土産にする

２０１６年4月「草」

シリウスの沈む春夜にオオイヌノフグリは目覚め瞳ひらけり

おおいぬの青い瞳は早春のたくらみ秘めて笑いさざめく
早春の青き瞳をはぎとれば黒きものらが我をあざける
駒の食む附馬牛町のバス停はかやぶき屋根に草の伸びゆく

２０１６年５月「風」
園に樹に漂う風に雲の来て雨に歌えば一顆（か）こぼれつ
高原に置き去りにしてきたはずの風が吹いている五月の葉叢
邂逅の風の吹くという梟の呼ばわる声す森を出で来よ
唐突に風のわきいで吹きまわる水あふるるがごと生きよと告げし

２０１６年６月「靴」
靴という十八の日の愚かさを逃れるすべのあるはずもなし
姥捨てと知らず二足が玄関の隅に並んで外を向きおり

歌稿メモ拾遺

オオイヌノフグリ

おおいぬの星座は西の山かげに瞳を閉じて冬を連れ去る
シリウスの沈む春夜にオオイヌノフグリは目覚め瞳ひらけり
おおいぬの青い瞳は早春のたくらみ秘めて笑いさざめく
草の持つ後ろめたさかかたくなに生あることの青い反抗
「この名前かわいそうだよ」「かわいいよ」むしり取るのに容赦はされず
早春の青き瞳をはぎとれば黒きものらがわれをあざける
わが内に青き花ありニューロンの光めぐりて生あることの

芋虫

芋虫の葉をかむ音のする夜は無我の響きに寒さ覚ゆる
十四の問いであったかわれひとりあることの生切れ切れの夢
芋虫は父母知らず卵より一個の生の突如始まる
永遠に切れないままに転がれる小さき瘤は私である

葉をかじることよりほかは死を意味す芋虫はただ個として生きる
一生（いっせい）の個として生きるDNA付き合えたのは楽しかったぜ
われ食すゆえの円柱形シンプルにデザインされしは人と同じぞ
ボロボロと流しに落ちる芋くずは書き直された記憶の表皮
襲い来る敵の恐怖が募りゆき非情の荒野に外皮形成す
わが内に古猿住まいしその日より風景はみな欺瞞にゆがむ
手に武器を持たぬ宿命生も死もひとしく同じ意味持つ一生
釜の中逃げ惑っている愚かさをはぎ取るように米とぐ四月
許されし時間の中を疾駆する脱皮の数こそ生きる勲章
愛はあり神はいないというわけを分かったつもりでわれの神無月
フーコーの振り子の意味を知る者よ汝が首振りは宇宙を記述す
人間になるより幸せになるほうが簡単でなかったかジャン・クリストフ
葉裏からかじりとるときにほとばしる葉液の甘さを知っているか
「お前（め）が食（け）」と母差し出しし手の上の栗をさらってぶすぶすと生く
夜を日につなぎしのちに満たされし変態の時の来たるを知る
殻を割り初めて翅を広げし日代償持ちて死の待つを知る
切り屑の価値高めたるペレットの熱に打たれて過ごす冬あり

そが口は吻となりいて長らえぬことわりにあり殖のみ使命
われ渇く胃の腑の底の暗がりに古猿の棲みてむさぼるがゆえ
狂おしくただ狂おしく求めおり交尾に時間は許されてあり
酔っ払いのドミトリイと蔑めば世の男らはみな凍り付くか
逃れれば記憶の匂い探しゆる槐の葉上一顆産み落つ
持ち続けたき若き日を持たぬままノートは二酸化炭素となった
卵抱き花蜜を吸えば新しき雄の寄り来て長き交尾に
しずもれる記憶の瘤を切り裂けば琥珀の核に少女きらめく
雌二百雄三百の交尾経て卵三百　個としての生
揚羽舞う短き生の喜びを卵に詰めて孤独なる生
雪解けの光は野面をはい回る小さきものへ立てと言うごと

【民子賞応募メモ】

豆柿のうた

実だけ残った裸木が花入れにさしてあり豆柿というらむ

しなりの消えた細枝にちぢこまりなる律儀さはみずき団子か

幅五厘枝たわむるほどの重さなしひた枯れゆかんと声をひそめり

もぎとればへたを残して離れくるいざ食われんとぞ喜ぶがごと

雪解けの光は野面をはい回る小さきものへ立てと言うごと

ふくむれば大き種にて五つ六つリンゴ風味のゲル状果肉

賢治はスバル（星団）を「庚申さん」と呼んだ

赤黒き月の化粧（けはい）に庚申はあやかすごとく我を告げ来る

庚申夜木の葉燃やせば立ち上がる白き蒸気は誰の命ぞ

わが母も煙になって立ち昇り吾の住む里に雪を降らせり

ノブちゃん

東空北上川を望む土手黄色い壁がノブちゃんの家
ヘンゼルとグレーテルになれるかも窓の外には林と大空
ノブちゃんが魔法使いであることは玄関脇のポストで分かる
だからさあ魔法使いになったのは涙とさよならしたからと思うよ
自転車の車軸をまたぎふたり乗りスカートはらませお得意ポーズ
おてんばは宮崎アニメの主人公生意気そうだからモデル抜擢
本当はおばあちゃんなんだって黄色い帽子がひそひそ言ってる
一応はコーヒーもきちんといれるけどお遊びしたいってみえみえだね
花を見に訪ねる人は多いけど狙いは日替わり手作りケーキ
ケーキにも遊び心はあふれててこれゲイジュツなんだと思う
この色はゴッホの色だねと思う人の心に熱送るような
絵の中に出てくるような色だからゴッホのケーキと呼ぶことにする
やっぱりねこの色合いはゴッホだよ口に含めば萌える味する
そういえばモンパルナスのお土産もくれたたっけかなどんな味だった
花たちは魔法で手下に手なづけた春を見つけて教えてくれる

時々は魔法が切れることもあるでも花たちが元気をくれる
「わあーふかいー」って叫ぶのがどうやらここの流儀かも人生訓あり

歌会提出歌メモ等

オッホーの声切れ切れと二月寒われ一人あることの生あり
ひそやかに期限を切って生き延びろお前の過去へ時限爆弾
三月の風切り音の中にいる幾千の子ら凧凧揚がれ
永遠に切れないままに転がれる小さき瘤は私である
しずもれる記憶の瘤を切り裂けば琥珀の核に少女きらめく
われ一人あることの生ボロボロと流しに落ちるやわき切り屑
しずもれる記憶の瘤をニューロンの触手過ぎれば切れ切れの夢
ひそやかに期限を切って生き延びろお前の過去へ時限爆弾
三月の風切り音の中にいる幾千の子ら凧凧揚がれ
切れ味を試したいだけだった少女の立てたナイフ錆びゆく
うらはらに階下は暗し手探れば冬眠の熊起き出すがごと

人間になるより幸せになるほうが簡単でなかったかジャン・クリストフ
たじろぐを見透かすようにゴイサギは声しのばせて夜を騒がす
遅れたという焦燥感いつからだ先走ったなという後悔
十五歳の問いであったかわれひとりあることの生切れ切れの夢
切り屑の価値高めたるペレットの熱に打たれて過ごす冬あり
永遠に切れないままに転がれる小さき瘤は私である
ボロボロと流しに落ちる切り屑は膨れた芋の記憶という皮
遠い日のナイフは錆びてあなたへの思いが琥珀の切り傷となる
釜の中逃げ惑っている愚かさをはぎ取るように米とぐ四月
米をとぐ後ろめたさも玉子割る痛々しさも許されてあれ
一生の個として生きるＤＮＡお前に付き合え楽しかったぜ
愛はあり神はいないというわけを分かったつもりでわれの神無月
愛ヲ得ルコトノムズカシサ神ヲ持ツトキヨリモナホ深ク潜レ
しずしずとオッホーの鳴く今宵もや三つ星数えて眠り待つらむ
ただ一個ＤＮＡの標識をわれは持ちたり誇らかに思う
ベットから転がり落ちた秋山駿ほこりかぶって眠っている

附馬牛茅葺き屋根の草帽子駒はむ町にバス停ありき

関口厚光氏略歴

１９５７年、岩手県遠野市生まれ。県立遠野高校卒。東京工業大学応用物理学科を中退。演劇活動、文芸評論家秋山駿氏の文学教室に４年間在籍。運営を手伝い、寺子屋雑誌の編集に携わる。帰省後に盛岡タイムス社入社。同編集局記者、取締役編集局長。日刊岩手建設工業新聞社常務取締役、２０１２年退社。同年、岩手復興書店を開業。

【関心ジャンル】文学全般、クラッシック音楽、天文学、郷土史、時事問題、地方選挙、行政、教育、経済、哲学、写真、演劇、コンピューター、インターネット、スポーツなど。

【呟き】「三十年前、ぼくは秋山さんの生徒だった。大学をやめ、秋山さんが主宰する講座の一生徒として、ぼくは人生を探した。ほかに生きるすべは見つかりそうにもなかったし、人生は石ころをなめてみなければ分からないと思っていた。

「ドイツにはこんなことわざがあると言います。〈男が人生ですべきことには三つある。子どもを育てること、家を建てること、一冊の本を出すこと。〉本を出すことには大きな意味があるのです。本という形にして人生を書き残すということは、命を伝えることにほかなりません。本づくりをお手伝いします。〝岩手の人たちの知の営みを伝えたい〟。岩手復興書店　店主　関口厚光」

跋

この世において許される生の期間がどうしたものであるかは、人知を超えた問題である。「2011年3月11日に起こった東日本大震災」を潜った私たちは、このことが単なる「理念」としてではなく、実際の問題でもあることを痛いほど味わっている。だから、人と人との出会い、人と人との別れもまた人知を超えていることを知っており、知らされてもいる。

畏友関口厚光氏との別れもまた、そうした類の別れであった。

冒頭に掲げた厚光氏の兄上の関口一氏の御挨拶に見るように、厚光氏は、突如として私たちの前から旅立たれてしまわれた。

その衝撃が、どんなに大きなものであったかは、氏との縁に恵まれた一人一人が実感したことであった。

氏の衝撃的旅立ちは、「賢治詩を読む」と題した400文字300枚を超える草稿を残しての旅立ちでもあった。

「宇宙意志～高瀬露～［雨ニモマケズ］手帳」を統合しようとした、論考自体が「賢治詩を読む」上での一つの問題提起となり得る渾身の作であるが、同時に、それを残した氏の心中を思い、氏との御縁を思って、私たちは、この草稿を主体とする一書を残したいと思った。

幸い、兄上の関口一氏からの許諾も得られ、厚光氏がその晩年に力を注いでいたものの一つである短歌等論考や実作品をも加える形での一書とすることが出来た。（転載許可のことも含め、短歌誌『波濤』の中島やよひ、真鍋正男氏の両氏、同『北宴』の小泉とし夫氏には格別の御配慮を得た。）

後に掲げるように、この種のものとしては、例外と言ってよいほどの、多くの発起人の方々に御賛同戴いたが、こうした多くの方の御厚意は、厚光氏が行って来たこの世での営みがどうしたものであったかを証明するものでもあろう。

また、発刊に当たっては、盛岡タイムスにおいて、厚光氏と一緒に仕事をしたこともあるツーワンライフ店主の細矢定雄氏の格別の御高配を得た。「厚光氏への追悼の意も籠めて」というのが、細矢氏の言であり、本書の中にはそうした細矢氏の思いが満ちていると思う。

できれば、一人でも多くの方に読んで戴き率直な感想をお寄せ戴けたらと思う。

改めて、関口厚光氏の魂の上を祈りながら。

２０１７年２月末日

関口厚光氏の遺稿を出版する会（「星月夜の会」）　望月善次

岩手復興図書店発行著書一覧

■反骨の街道を行く

下田靖司 著
２０１４年７月刊行

■現代の短歌について：大西民子講演録：未発表原稿「昭和十年のころ」

大西民子 著、もりおか民子の会 編、波濤短歌会 監修
２０１６年５月刊行

■南部馬の里：写真集

遠藤広隆 写真と文
２０１５年４月刊行

■胡堂伝：百年分の借金をはねのけた男

外崎菊敏 著
２０１４年４月刊行

■津波と地域コミュニティー 岩手県山田町・地区防災会長の大震災私記

田村剛一 著
２０１３年２月刊行

■時空を超えた絆：山田浦から始まるオランダ交流物語

木村梯郎 著
２０１３年11月刊行

■『雑書』の世界：盛岡藩家老席日記を読む

細井計 著
２０１６年７月刊行

■父の手紙：野村胡堂に注いだ愛情

八重嶋勲 著
2013年6月刊行

■縄文人（じょうもんずん）になった男

長坂良三 著
2013年6月刊行

■八幡平への恋文

今川友美 著
2016年3月刊行

■被災の町の学校再開：武藤美由紀
大槌町教育委員会派遣・駐在指導
主事の証言

武藤美由紀［述］、望月善次、
関口厚光 編著
2015年1月刊行

■八十二歳の朝とエリーゼのために：書歌集

2012年12月刊行

■隠れ里：詩集

吉野 重雄 著
2009年9月刊行

■校長室の窓から：父母と若い教師へのメッセージ

野口 晃男 著
2012年12月刊行

■「祐清私記」を読む：譜代藩士が書き残した盛岡藩成立事情

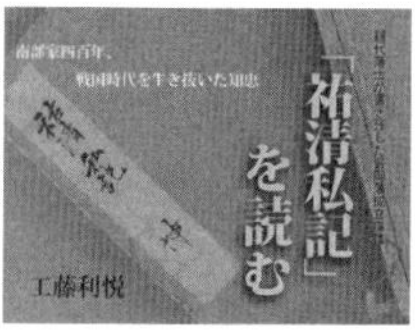

工藤　利悦　著
2013年1月刊行

■子どもを悪くする3つの方法

野口　晃男　著
2013年1月刊行

■岩手山の風景～空撮、四季、焼走り

井内　勝美　著
2013年1月刊行

関口厚光氏遺稿発行の会（「星月夜の会」）　発起人

赤澤憲一郎　（杜陵印刷・営業部長）
荒川聡（フリーライター、元盛岡タイムス）
阿部哲幸（胆江日日・社長）
阿部正樹（元ＩＢＣ岩手放送社長・会長、もりおか民子の会会長）
阿部（藤元）眞紀子（宮澤賢治記念短歌会、馬っこパーク副理事長）
伊藤正治（大槌町教育長）
井上節夫（恩師・遠野高校）
今川友美（ＮＨＫ秋田）
遠藤広隆（写真家）
太田美保（『北宴』、イシマ・取締役）
大野眞男（岩手大学・教授）
大森不二夫（フリーライター、元盛岡タイムス）
岡田幸助（岩手大学・名誉教授）
川村杳平（盛岡中央高校、俳句評論、もりおか民子の会・代表理事）

木村悌郎（山田町・元教育長）
工藤利悦（近世古文書研究所）
葛岡恒久（本の葛岡・会長）
小泉とし夫（岡澤敏男）（『北宴』代表）
小林芳弘（国際啄木学会・盛岡支部長）
昆明男（おきあんご）（劇作家、宮澤賢治記念短歌会）
齋藤純（作家・石神の丘美術館芸術監督）
佐藤怡富（手の会・岩手県歌人クラブ・副会長）
佐藤静子（宮澤賢治記念短歌会、国際啄木学会・盛岡支部事務局長）
佐藤竜一（執筆業・岩手大学非常勤講師）
下田　靖司（元盛岡市議会議長）
鈴木幸一（岩手大学・名誉教授）
鈴木隆八郎（NPO桃源郷づくり岩手県民運動理事長、元盛岡タイムス・常務）
外﨑菊敏（野村胡堂研究家、遠野高校・恩師）
達増崔夫（北日本カレッジ・理事）
田中成行（岩手大学・准教授）
田村剛一（山田町町会議員、山田伝津館館長）

丹波ともこ（宮澤賢治記念短歌会）
寺井良夫（邑計画事務所・取締役顧問、東工大同窓）
照井顯（開運橋ジョニー）
根子精郎（染色家）
中島やよひ（波濤短歌会＊発行責任者）
中村守（盛岡せんぼくバランス治療院）
林芳輝（岩手大学名誉教授）
平野ユキ子（スペシャルオリンピクス日本・岩手理事長）
深谷幸夫（オリエンタルプランニングサービス、もりおか民子の会）
藤井茂（新渡戸基金）
藤澤秀行（杜陵印刷、もりおか民子の会）
真鍋正男（波濤短歌会＊編集責任者）
三浦勲夫（岩手大学・名誉教授）
武藤美由紀（岩手県教育委員会事務局）
望月善次（岩手大学・名誉教授、宮澤賢治記念短歌会）
森三紗（詩人、宮澤賢治研究家）
森義真（石川啄木記念館・館長、国際啄木学会・理事）

八重嶋勲（岩手県歌人クラブ・会長）
八木淳一郎（天文研究家）
山口和彦（株式会社岩手スポーツプロモーション　岩手ビッグブルズ・顧問）
山下多恵子（国際啄木学会・理事）
山本昭彦（岩手大学・教授）
吉田直美（宮澤賢治記念短歌会、国際啄木学会・評議員）

人名索引

事項索引

引　用　詩（引用ページが複数に渡る場合は最初のページ表示）

引　用　短　歌

賢治詩歌の宙を読む

ISBN 978-4-907100-33-2
定価 1,000 円 + 税

発　行　　2017 年 5 月 12 日
著　者　　関口　厚光
発行人　　細矢　定雄
発行者　　岩手復興書店
〒 028-3621　岩手県紫波郡矢巾町広宮沢 10-513-19
TEL.019-681-8121　FAX.019-681-8120
印刷・製本　有限会社ツーワンライフ